Ursula Schray
Entgleiste Liebe

Ursula Schray

Entgleiste Liebe

edition fischer

Bibliografische Information der Deutschen Nationalbibliothek:
Die Deutsche Nationalbibliothek verzeichnet diese Publikation in der
Deutschen Nationalbibliografie; detaillierte bibliografische Daten
sind im Internet über http://dnb.dnb.de abrufbar.

© 2021 by edition fischer GmbH
Orber Str. 30, D-60386 Frankfurt/Main
Alle Rechte vorbehalten
Schriftart: Palatino
Herstellung: ef/bf/1A
ISBN 978-3-86455-202-1

Für alle, die von einem ähnlichen Schicksal betroffen sind und für alle, denen dies erspart blieb.

Am Montag soll ich früh um neun im Krankenhaus sein. Dienstag komme ich dran. Ich habe so eine Vorahnung, dass es auf Leben und Tod gehen wird.
Wenn es schiefgeht, sollen meine Kinder wenigstens eine fröhliche Mutti in Erinnerung behalten und deshalb beschließe ich, zum Abschied ein Fest zu machen. Ganz unter uns.
Ich bestelle beim Metzger Schweinefilets und am Abend machen wir Fleischfondue. Dazu viele Tunken, Pariser Brote, leckere Salate und einen guten leichten Rotwein, für die Kinder natürlich Saft.
Wir essen und trinken, die Kinder sind ganz begeistert, wir scherzen und lachen und ich trinke ziemlich viel, denn die feurigen Soßen machen durstig. Bald kann ich mich wie üblich vor Lachen kaum noch auf den Beinen halten und gehe mit den Kindern zu Bett.
Bert kennt das schon und räumt gutwillig das Geschirr weg. Die Horizontale bekommt mir besser, und ach was, in sechs Wochen bin ich bestimmt wieder fit, und dann wird alles besser und endlich gut! Ich liebe das Leben und es lebe die Liebe!

Bert trägt meine Tasche, eine Schwester kommt, notiert meinen Namen und bittet uns, einen Moment zu warten. Andere Frauen mit ihren Männern warten ebenfalls im Flur. Eine ältere Frau wird aufgerufen, später wird ihr Mann gerufen. Eine Türe geht auf, ein Bett wird herausgeschoben und daneben, den Kittel unterm Arm, marschiert der Mann von vorhin. Jetzt liegt die Frau im Bett und wird von einer Schwester den Gang entlang geschoben.
Der Mann geht kerzengerade und strotzend vor Gesundheit nebenher. Ihm kann sowas ja nicht passieren. Schön dumm sind wir Frauen eigentlich, dass wir den Mann wenigstens nicht alleine für die Brötchen sorgen lassen. Das wird bei mir aber – wenn ich hier je wieder herauskomme – anders, das schwöre ich mir!
Ärzte und Schwestern eilen von Gang zu Gang. Ihre geöffneten weißen Kittel flattern im Wind. Nur der Chefarzt, der eben grüßend hier vorbeigeht, trägt seinen Mantel geschlossen. Ob er heute schon operiert hat? Unterleiber aufgeschnitten, Organe entfernt und mit blutigen Fingern wieder zugenäht hat? Hoffentlich passt er morgen bei mir auf, routiniert soll er ja sein.
Bert wird unruhig, er schaut auf die Uhr, er sollte längst in unserer Firma sein.
»Geh doch, du kommst ja heute Abend wieder, ich finde schon alleine ins Zimmer.«
»Noch bis halb warte ich, sicher kommst du jetzt gleich dran«, antwortet er.
Ich sehe ihm deutlich an, die ganze Sache hier passt

ihm nicht. Ein bisschen besser beherrschen könnte er sich schon, schließlich wird er in ein paar Minuten wieder zum Krankenhaus hinausmarschieren, während ich hierbleiben muss. Das ist nun genau das zehnte Mal, dass ich die Aufnahmeformulare für einen Krankenhausaufenthalt unterschreibe.
Zuerst für die Mandeln, dann für den Blinddarm, die erste Entbindung, danach bekam ich Brustdrüsenentzündung und mit 41,3 Fieber sofort wieder ins Krankenhaus.
Bevor die Wunde dann richtig zu war, wurde ich wieder schwanger. Bert hatte nicht aufgepasst und ein knappes Jahr nach der ersten gebar ich unsere zweite Tochter. Dann ging das mit den Blutungen los und zur Abklärung wurde eine Ausschabung gemacht. Damals hieß es, dass ich keinen Eisprung mehr hätte, daher die zu starken Perioden.
Doch irgendwie hat es mit dem Eisprung anscheinend doch wieder geklappt, denn mit vierunddreißig gebar ich dann nochmals eine Tochter. Danach wurde dann die Menstruation so stark, dass ich zur Blutstillung öfters ins Krankenhaus musste. Trotz stärkster Hormonpräparate kam ich nicht wieder ins Gleichgewicht und schließlich wurde mir zur Entfernung dieses blutenden Ungetüms geraten. Endlich. Doch vorher konsultierte ich eben diesen bekannten Gynäkologen, der gerade hier vorbeiging. Er verordnete zunächst homöopathische Mittel, sagte mir aber gleich, dass das in meinem Falle wahrscheinlich auf die Dauer nicht helfen würde. Organisch sei bei mir zwar alles in bes-

ter Ordnung, aber anscheinend würde ich unterdrückt und mein Körper ließe sich das nicht bieten.

Damals dachte ich noch: Wie kommt der denn da drauf, nach außen ist doch bei uns alles in bester Ordnung? Und nach innen? Bert hatte keine Freundin, betrog mich nie und ich war ihm ebenfalls treu ergeben. Aber meine Lebensfreude von früher war fort. Das war es. Manchmal, wenn sie wieder aufflackerte, brachte Bert sie todsicher mit irgendetwas zum Erlöschen. Als ob er auf sie eifersüchtig wäre.

Doch wie hätte ich das ändern können? Vielleicht waren meine Lebensfreude und mein Lebensmut sowieso am Erlöschen, rein naturbedingt. Vielleicht ging das vielen Menschen so, wenn sie erst verheiratet waren. Oder ledig blieben. Oder kam das doch nur von meiner ständigen Bluterei?

Jedenfalls bin ich jetzt hier, um dem Ding ein Ende zu machen. Hoffentlich nur dem Ding und nicht allem. Es muss eben mein Körper geändert werden, dann kommt auch mein Lebensmut wieder zurück. Irgendwie bin ich in einen Teufelskreis geraten, aus dem ich nur noch durch eine Gewaltanwendung – sprich Operation – herauskomme. Anders geht es einfach nicht mehr.

Außerdem ist es höchste Zeit, dass aus mir wieder ein vollwertiger Mensch wird. Eigentlich hatte ich zu nichts mehr Lust, mit Müh und Not konnte ich meinen Haushalt, Mann und drei Kinder versorgen, dazu noch die Buchführung für unser Geschäft erledigen, alles ging einfach über meine Kraft. Sobald ich abends

in Ruhe mal vor dem Fernsehapparat saß, schlief ich ein. Bert hat mich oft deswegen kritisiert.
Außerdem fühlte ich, dass er mir böse war, weil ich keine Eigeninitiative mehr für ihn aufbrachte, oder zumindest höchst selten. Er warf mir dann vor, ich sei kalt und herzlos, das kann ich auch nicht mehr hören. Und so langsam sehe ich aus wie ein gerupftes Huhn. Farb- und glanzlos. All meine schönen Haare, die ich einstmals hatte, sind längst den Ausguss runtergespült worden. Ausgerechnet meine Haare, auf die ich immer so stolz war. Ganz dünn sind sie geworden, auch das muss wieder anders werden. Es nützt alles nichts, entweder wird jetzt gestorben oder meine Gesundheit und Schönheit muss wieder her. Diese zwei Möglichkeiten gibt es. Bei der Schönheit bin ich mir allerdings nicht so sicher, ob die nochmals wiederkommt. Schließlich werde ich nächstes Jahr vierzig. Aber meine Haare, wenn wenigstens meine Haarpracht wiederkommt, ist mir schon viel geholfen. Lieber Gott, mach, dass sie nachher wieder wachsen.
Jetzt ist es halb zehn Uhr. Da ruft auch schon jemand meinen Namen zu irgendeiner Tür heraus. Eine Schwester in Tracht und Häubchen kommt auf uns zu, wir erheben uns und wortlos folgen wir ihr den Gang entlang. Der reinste Irrgarten ist das hier.
Gang B, Zimmer 17. Siebzehn, das ist eine gute Zahl. An einem 17. bin ich geboren. Vor der Zimmertür übernimmt mich die Stationsschwester. Eine ältere, mit kleinen knitzen Äuglein. Nachdem sie uns begrüßt hat, führt sie uns in das Zimmer. Sagt, ich solle mich

schon mal ausziehen, sie käme in einer halben Stunde wieder. Ziemlich kahl, das Zimmer.

»Du hast ja eine herrliche Aussicht hier«, lobt Bert. Ja, vom Stehen aus, denke ich. Aber liegt man erst mal im Bett drin, wird man von der Aussicht nicht mehr viel sehen.

Er hat es eilig, stellt meine Tasche ab, sagt, heute Abend käme er ja wieder, umarmt mich und geht dann eilig aus dem Zimmer. Ich starre auf die Tür, durch die er eben hinausging und denke, bei sowas lässt er mich immer alleine. Ich glaube, nicht mal seine Gedanken sind mehr bei mir. Ich fühle mich unsagbar alleine. Allein mit dem weißen sterilen Bett vor mir, das auf mich wartet. Spätestens morgen um diese Zeit werde ich leichenblass darin liegen. Ein lauter Seufzer bricht sich an der nackten Wand und rasch kratze ich den letzten Mut in mir zusammen.

Ich öffne die Balkontüre und lasse die frische Luft hereinströmen. Draußen ist es viel wärmer als hier drin. Wer weiß, wann ich wieder auf den Balkon kann, und so hole ich den einzigen Sessel im Zimmer, trage ihn hinaus und setze mich in die Sonne. Ja, wirklich, die Aussicht ist herrlich. Dort, hinter dem letzten Berg müsste Urbach liegen. Mein Urbach!

Schade, dass man den Hohen Urbach hier nicht sieht, er gab mir immer irgendwie Vertrauen. Oder nahm mir die Angst, indem er sagte: Ich habe schon so viele kommen und gehen sehen, mehr Leid als Freud ist unter den Menschen. Du bist gut dran. Hast einen lieben Mann, drei gesunde Kinder, ein schönes Geschäft,

dazu ein großes Vermögen und alles schuldenfrei. Was willst du überhaupt? Auch noch bestimmen, wann du gehen musst?
Nein, nein, ich werde keine Angst vor morgen haben. Ich muss mir anscheinend mein Glück auf diese Art verdienen. Er hat schon Recht, der Hohen Urbach. Es ist ja Herbst, ein herrlicher Herbst, und ich werde mal im Frühjahr beerdigt, wenn es regnet und auf dem Friedhof nach Jasmin und Flieder riecht. Das glaube ich ganz sicher.
Den Herbst muss man genießen! Ich werde es mir hier schön gemütlich machen, gute Bücher lesen, Besuche empfangen und mich im Übrigen nach Strich und Faden verwöhnen lassen. Und mich freuen, auf's nächste Jahr, wenn ich wieder Kraft haben werde und alles, was ich versäumt habe, nachholen kann.
Endlich wieder mit Freude schöne Garderobe tragen, mit Schwung und Elan unserem Geschäft vorstehen, Bert neu erobern und öfters mit ihm verreisen. Nächstes Jahr um diese Zeit werden wir wieder für ein paar Tage nach Ascona fahren. In's »Europa«. Das ist eine echte Belohnung, für die man schon einiges in Kauf nehmen muss.
Ach, was waren wir dort glücklich vor zwei Jahren. Es war Ende Oktober, die Luft war lau und mild und noch nie hat mir ein Wein so gut geschmeckt, wie damals der Merlot. Ja, dafür lohnt es sich zu leben, und ich werde leben, das weiß ich jetzt ganz bestimmt! So, und nun kann es beginnen. Ich schiebe den Sessel wieder brav ins Zimmer, packe alles aus und ordne meine Sachen ein.

Dann setze ich mich nochmals in den Sessel am Fenster. Ein Klopfen an der Tür, schon fliegt sie auf und frisch, fröhlich, heiter stürmt der Chefarzt herein. Das ist aber nett, denke ich, kaum bin ich hier, besucht er mich.
»So, Frau Schray, wie fühlen Sie sich? Ich hoffe, es gefällt Ihnen bei uns!«
Ich erhebe mich und er schüttelt mir die Hand. Auge in Auge stehen wir uns gegenüber und etwas forschend schaut er mich an. Nein, ich habe keine Angst, und du sollst das ruhig merken. Gott sei Dank bin ich noch angezogen und liege nicht schon im Nachthemd im Bett. So strahle ich doch noch etwas von meiner Autorität aus, genau wie er. Sofort stellt er sich auf mich ein, und in der Rolle eines Grandseigneurs erklärt er mit kurzen Worten den weiteren Verlauf. Auch nicht den kleinsten Zweifel, dass nicht alles bestens gelänge, lässt er dabei aufkommen. Bevor ich viel sagen kann, entschwebt er wieder so geschwind, wie er hereinkam. Richtig flott ging das.
Aber ein Hauch von seiner Unbeschwertheit ist im Zimmer hängen geblieben und überträgt sich auf mich. So suche ich mir eben ein Nachthemd aus und schlüpfe ins Bett. Aber so kann ich jetzt noch nicht liegen. Ganz flach ist es. Ich mache mich mit der Technik des Bettverstellens vertraut, stelle es schön bequem ein und betrachte vom Bett aus das Zimmer. Direkt in meiner Blickrichtung an der Wand gegenüber hängt ein Bild. Eine Kirche von innen. Ich finde es nicht gerade aufmunternd von hier aus. So sakral.
Je länger ich auf das Bild starre, umso komischer fühle

ich mich. Das Bild muss weg, es ist ein schlechtes Omen. Ob ich es einfach abnehme und in den Schrank stelle? Aber dann ist es noch kahler und weißer hier. Ich werde nachher die Schwester fragen, ob sie es nicht gegen ein anderes umtauschen kann. Hoffentlich falle ich dadurch nicht gleich in Ungnade bei ihr. Draußen wird Essen ausgeteilt, ich höre es am Geschirrklappern. Eigentlich könnte ich zur Stärkung jetzt auch was vertragen, aber ich bekomme ja nichts mehr.
Wenn ich nur schon einen Monat älter wäre, oder wenigstens eine Woche. Oder ich könnte jetzt meine Tasche wieder packen und einfach aus dem Zimmer hinaus wieder nach Hause gehen. Ob das wohl jemandem auffallen würde? Ich male mir aus, was für ein Gesicht Bert wohl machen würde, wenn ich jetzt bei ihm durch die Tür käme. Wahrscheinlich wäre er eher entsetzt als erfreut, also kann ich gleich hierbleiben.
Einmal hat er mich ja rausgeholt, damals bei meiner Brustoperation, am Heiligen Abend. Es hat viel Aufruhr gegeben und tatsächlich wäre es besser gewesen, ich wäre bis zur Entlassung im Krankenhaus geblieben. Aber ich hatte solches Heimweh und war einfach nicht mehr zu halten.
Nun, inzwischen sind fünfzehn Jahre vergangen und diesmal werde ich aushalten. Außerdem wäre das nicht aufgehoben, sondern nur aufgeschoben. Obwohl er mich gerade jetzt am nötigsten brauchen würde. Aber das meint man vermutlich immer.
Zu dumm, dass aber auch gerade zwei Wochen vor meiner Aufnahme, als der Operationstermin schon

feststand, unser Bürokaufmann den Stellungsbefehl zum Bund erhielt. In eindreiviertel Jahren wird er zwar wiederkommen, aber bis dahin benötigen wir schon einen Ersatz. Nun, diese drei Wochen werden auch vorübergehen, und es gab schon einmal eine Zeit, da haben wir auch alles alleine geschafft.
Meine Buchführung und den sonstigen Schreibkram werde ich – wenn ich das Ding los bin – schnell wieder aufgearbeitet haben. Nur im Verkauf ist Bert jetzt alleine, aber da war ich ja noch nie eine Leuchte und er hat ihn sowieso am liebsten alleine gemacht. Trotzdem. Mit allen Problemen, die ein Geschäft tagtäglich mit sich bringt, ist er nun alleine. Das ist er nicht gewohnt. Insofern hat er auch eine harte Zeit vor sich. Was er wohl jetzt macht? Der Zeit nach ist gerade die Post durch und er sortiert sie erst mal. Alles Wichtige mir auf den Schreibtisch, Rechnungen in die Mappe »Unbezahlte«, den Rest in den Papierkorb.
Nur die Bankauszüge werden mit Respekt behandelt. Er prüft sie genau, erwägt, wo Geld übrig, wo gebraucht wird und jongliert immer von Konto zu Konto hin und her. Darum hab ich mich noch nie kümmern müssen, das hat immer bestens geklappt. Trotzdem bin ich irgendwie beunruhigt. Wieso eigentlich? Ich kann es mir nicht erklären, aber ganz im Untergrund weht ein Hauch Angst in mir.

Hau, haaauuu, ruck, plumps.
Mein Rücken, ab.
Ich ersticke.

Aus dem Genick zieht man Innereien aus mir heraus.
Zack. Jetzt ist mein Genick ab.
Hilfe, ich brauche Luft, aber ich bin tief unten in dunklem Wasser und kann nicht atmen.
Jetzt erreiche ich die Wasseroberfläche, schnell hole ich Luft ...
Au, aaauuu, ein Feuer, ein wahnsinniges Feuer brennt in meinem Unterleib.
Er ist ausgehöhlt und mit heißer Kohle versengt worden.
Ich höre Stimmen.
Hilfe, Hilfe, doch ich kann nicht schreien.
Jetzt, jetzt fahren sie mit heißen Eisen in mir herum.
Aaauuu, aaauuu, ich höre mich schreien.
Es kommt niemand, aber ich höre doch jemanden reden.
Ich öffne die Augen, ach so, gleich werde ich ja operiert. Soeben musste ich mich auf den Schragen legen und anschnallen lassen. Von grünen Männern.
Schnell, schnell, operiert mich, ich halte es nicht mehr aus.
Aaauuu, aaauuu ...
Sie haben es geschwind herausgerissen. Und jetzt merke ich, dass ja mein ganzer Unterleib fehlt. Er ist verbrannt worden, die Feuerflammen werden kleiner.
Ich wache auf durch meine Schreie. Eine Schwester schaut ratlos auf mich herab. Dann steht ein Mann an meinem Bett. Er sieht entsetzt auf mich herab.
»Mädchen, mach keine Sachen, ich weiß doch, was sein kann!«

Ich stammle: »Schmerzen, furchtbare Schmerzen!«
Er holt was von meinem Bauch runter, schreit die Schwester an: »Tut doch um Gottes Willen das Ding weg!« Er wirft etwas in die Ecke.
Jetzt ist auch der Chefarzt da. Sehr sachte drückt er auf meinem Bauch herum. Meine Rippen, meine Rippen, sie müssen mich punktieren, dass die Luft raus kann! Aber ich bringe keinen Ton heraus, nur jämmerliches Gestöhne.
Dann sagt er: »Das ist die Luft, sie hat eine Lungenblockade.«
Dann versinke ich wieder.
»Atmen«, sagt er, »atmen.«
Er ist so nett, macht mir keine Vorwürfe wie der andere. Später kommt wieder eine Schwester, sie steht an meinem Bett und sagt: »Schreien Sie doch nicht so, wir sind hier auf der Säuglingsstation!«
»Die schreien auch«, sage ich und denke, die hat ja keine Ahnung, die blöde Kuh.
Ständig kommen und gehen Schwestern. Sie machen was mit meinem Arm. Überall Schläuche. Ist es noch Vormittag oder bereits Nachmittag? Ich weiß es nicht.
Eine Ärztin kommt. Sie fragt: »Woher kommt denn das Blut?«
Blut? Ich muss sofort aufwachen und fragen, wieso ich blute.
Da höre ich die Schwester sagen, das sei ganz harmlos, im Katheter käme anfangs mal Blut mit. Ich schaue auf den Schlauch, er ist ganz rotbraun. Nicht viel, denke ich. Das bisschen wird mich nicht umbringen, da bin

ich ganz andere Mengen gewohnt. Mit fällt ein, was Luise mir erzählt hat. Sie hatte die gleiche Operation. Man hätte gar keine Schmerzen, und die ersten drei Tage würde man künstlich ernährt. Da spüre man keinen Hunger und keinen Durst. Das wäre ganz prima. Das kann ich leider nicht behaupten. Hunger hätte ich schon. Aber er vergeht rasch wieder.

Schon Abend? Bert sitzt an meinem Bett. Ganz eingefallen und furchtbar traurig sitzt er da. Warum lächelt er mich nicht wenigstens an? Und nimmt meine Hand und gibt mir Kraft? Jetzt, wo ich so krank bin? Ich strenge mich an und rede mit ihm, lächle ihn an. Aber er lacht nicht wieder zurück. Er ist so ... gelähmt. Oh, die Schmerzen kommen wieder. Erst ganz langsam und wenig, dann schneller und stärker. Ich fange an zu stöhnen, entschuldige mich, stöhne aber gleich wieder. Bert schaut ängstlich nach der Tür. Will er gehen? Ich sage ihm, er solle nur wieder gehen, ich bekäme jetzt Schmerzen und würde vielleicht schreien. Das wäre schon den ganzen Tag so gegangen. Ich will, dass er das nicht so tragisch nehmen soll, deshalb sage ich ihm das. Aber ich glaube, er will trotzdem nicht, dass ich ihn damit belaste.

Ach, er kann mir keine Kraft geben. Schade. Jeder stirbt halt für sich alleine. Auch du, Bert, eines Tages wirst du es noch erleben und ich werde dir vielleicht nicht dabei helfen können, weil du es dir jetzt nicht verdienst.

»Ach, Bert, sag' doch was«, bitte ich.

»Was soll ich dir denn erzählen, im Geschäft ...«

»Nein, nichts vom Geschäft, was macht Bine? Und die Großen?«
Er nickt nur. Dann sehe ich die Rosen im Waschbecken.
»Schöne Rosen, so viele, vielen Dank.«
Jetzt lächelt er. Schwungvoll kommt die Nachtschwester herein. Sie sagt, wenn ich Schmerzen hätte, müsse ich läuten. Dann bekäme ich eine Spritze. Ich soll nicht mehr so lange warten, sie würde höchstens vier Stunden halten.
»Das hat mir noch niemand gesagt.«
Sie ist sehr erstaunt, und dann redet sie mit Bert. Er ist sehr nett zu ihr, und irgendwie ... so dankbar. Dankbar wofür? Dass sie gekommen ist und ihn erlöst hat? Ich spüre, wie die Schmerzen nachlassen und will jetzt auch mitreden. Ganz erstaunt sehen mich die beiden an, Bert sagt, ich soll mich nicht so anstrengen und lieber ruhig sein.
»Es geht mir aber viel besser.«
»Dann lasse ich Sie jetzt alleine, ich komme nachher wieder«, und freundlich verabschiedet sich die Nachtschwester von Bert.
Aber auf einmal werde ich müde, so müde. Jetzt, wo wir ungestört sind und ich ohne Schmerzen reden könnte.
»Schlaf ruhig, ich bleibe an deinem Bett.«
Mein Kopfkissen, es wäre so nett, wenn er mir mein Kopfkissen aufschütteln würde. Aber er denkt nicht daran, er war eben noch nie krank und weiß nicht, wie hart so ein Kissen sein kann.

»Bine wartet auf dich, geh' jetzt lieber, ich schlafe sicher ein.«

Er tröstet mich, morgen, morgen wäre alles besser und ich versinke wieder. Später gibt mir die Nachtschwester nochmals eine Spritze, bezieht und schüttelt mein Kopfkissen frisch. Es war ganz nass. Auch einen frischen weißen Kittel zieht sie mir an.

Sie ist so nett. Sagt, dass sie alle halbe Stunde reingeschaut hätte und morgen früh, in zwei Stunden, würde sie mich waschen und schön frisch machen.

Ich fühle mich schon wohler. Eigentlich gar kein Drama, so eine Operation. Morgen ist schon der zweite Tag und es geht mir gar nicht schlecht. Ein wohliges Gefühl durchrieselt mich, dann wird meine Scheide warm. Jetzt wieder.

Blut, das ist Blut. Vorsichtig hebe ich mein Gesäß und vergewissere mich. Ach Gott, alles hellrot. Ich läute und sofort kommt die Schwester wieder.

»Das ist nur ein kleiner Schucker, er hört gleich auf«, tröstet sie mich.

Eine Spritze in den Oberschenkel und tatsächlich, Gott sei Dank, langsam schleichen sich wieder die Schmerzen ein. Diesmal nur in der rechten Bauchmitte.

Ja, jetzt fällt es mir wieder ein. Gleich nach der Operation war da etwas so schwer drin gelegen und tat so weh. Wie eine Schere. Wie die Form einer Schere, so sind die Schmerzen, und genauso schwer liegt es drin und tut so weh. Sowas soll ja schon vorgekommen sein. Nichts ist unmöglich. Nein, nur nicht daran denken, das kann nicht sein.

Jetzt schreien wieder die Säuglinge. Am Abend vor der Operation, als ich im Bett lag, kam doch tatsächlich eine Schwester rein und hat mir gratuliert. Etwas befremdet fragte ich noch: »Wozu?«
Da hat sie mich befremdet angesehen und gesagt: »Na, zu Ihrem Sohn.«
Sowas bringt Unglück. »Ich werde morgen früh operiert«, entgegnete ich.
Da wurde sie über und über rot und entschuldigte sich. War schon zu spät. Ich erklärte ihr dann, dass ich bereits drei Kinder hätte. Zwei fast erwachsene Töchter und noch eine kleine von fünf Jahren.
Die hier gratulieren einem abends vor der Operation und am anderen Morgen lassen sie die Schere im Bauch drin. Das passt zusammen. Morgen werde ich meine Bedenken sagen. Ob ich einfach frage, ob im OP eine Schere vermisst wird? Aber das ist zu durchsichtig. Nein, hier drin spüre ich sie, und das sage ich.
»Aufstehen!«
Aufstehen? Ich kann nicht aufstehen, und so bleibe ich einfach liegen und rühre mich nicht.
»Frau Schray, Sie müssen aufstehen. Alle müssen am Tag nach der Operation aufstehen!«
Puuuh ...
»Wir machen das zusammen, schön langsam. Passen Sie auf, erst setzen Sie sich auf's Bett, und dann gehen Sie den Schritt bis zum Fenstersims und stützen sich hier mit beiden Händen ab. Solange machen wir Ihr Bett. Kommen Sie, ja, schön, so ist's recht. Nur nicht auf den Boden schauen, atmen, tief atmen ...«

Dann rauschen meine Ohren. Ich liege flach im Bett und die Schwester schaut rasch in mein Windelpaket hinein. Sie ist schlau. »Frau Schray, Sie haben mit dem schwarzen Mann poussiert, das sage ich aber heute Abend Ihrem Mann, Sie sind mir ja eine!«
Schnell misst sie den Blutdruck, die andere überzieht mein Bett und schaut mich strafend an. Dann komme ich wieder an die Flasche und gleich fühle ich mich etwas besser. Jetzt bringt eine Schwester Handtücher, umwickelt meinen Kopf damit und dann kommt sie mit einem Gerät an mein Bett.
»Wir inhalieren jetzt, das tut gut.«
Jemand schaut zur Türe herein.
»Moment bitte!«
»Hallo Ursel!«, ruft ganz fröhlich meine Mutter.
Ach, meine arme Mutter. Dass sie mich so sehen muss. Warum kommt sie denn jetzt und nicht heute Mittag? Ach ja, sie hat ja Bine, mittags kann sie nicht alleine weg, denn Bine will nur vormittags in den Kindergarten. Aber ich möchte noch gar keinen Besuch, ich fühle mich schlecht.
»So, wir sind fertig«, und die Schwester nimmt alles wieder mit fort.
Der Chefarzt kommt, hinter ihm die Stationsschwester. Er setzt sich auf mein Bett, zieht die Decke weg und drückt wieder auf meine Rippen.
»Warum tun die denn so furchtbar weh?«
»Wird gleich besser, haben Sie auch Halsweh oder Husten?«
»Ja, ich sollte husten, immer husten, aber ich kann nicht, mein Bauch.«

»Das kommt von dem Beatmungsschlauch, Sie sind voller Luft, die holen wir jetzt raus«, und er drückt und ich atme aus und wenn er loslässt, wieder ein.
»So ist es gut.«
Er sagt was zur Schwester und darauf sagt sie: »Frau Schray ist mir heute morgen umgekippt!«
»Sooo? Streng liegenbleiben!« Das war ein Befehl an die Schwester und mich lächelt er an und hält ganz leicht meine Hand.
»Bald haben Sie's überstanden!«
»Wie war die Operation?«
»Ganz normal, aber Ihr Unterleib ist sehr stark durchblutet. Wieso weiß ich auch nicht.«
»Also habe ich stark geblutet?«
»N...ein, das kann man nicht sagen ...«
Doch seine Augen sagen mir das Gegenteil. Na ja.
»Ich hoffe, das ist jetzt das letzte Mal«, scherze ich.
»Das kann man mit Sicherheit sagen«, erwidert er und lachend rauscht er hinaus.
Dann kommen Blumen, dahinter meine Mutter. Vorsichtig legt sie die Bouquets auf mein Bett und begrüßt mich.
»So viele Blumen, vielen Dank«, sage ich und denke, morgen hätten sie mich mehr gefreut, heute kann ich mich noch gar nicht regen.
»Gut siehst du aus, Ursel, ich bin eigentlich zufrieden mit dir!«
So, dann wird's mir noch dreckig gehen. Denen, die nach einer Operation gut aussehen, geht's allen dreckig, ich weiß das.

»Ach, Mami …«
»Doch, deine Augen sind klar, das ist ein gutes Zeichen. Ich glaube, du bist in guten Händen hier und wirst gut versorgt.«
»Doch, das kann man sagen. Sie rennen in einer Tour.«
»Haben sie dir einen Schal um den Bauch gewickelt?«
»Einen Schal? Nein, das sind meine Rippen, die stehen im Liegen halt etwas vor.«
Das will ihr aber nicht recht hinunter und etwas ungläubig schaut sie meinen Brustkorb an. Dann erzählt sie mir von Bine. Ach, meine Bine. Ob sie morgen mit Bine …?
»Ach nein, bring sie ja nicht hierher.«
Meine Bine, sie soll mich nicht so sehen, sie würde weinen. Kein Mensch weiß, wie sehr wir uns lieben, sie ist mein Herzblatt, ein Stück von mir.
»Sie ist ja so gescheit … gestern hat sie gesagt … und sie betet für dich!«
»Ja, meine Bine, sie ist's, die den Himmel hält.«
»Na, so wird's auch nicht sein!«
»Doch, doch, Mami!«
Jetzt war ich wieder mal zu ehrlich, ich merke es an ihrem Gesichtsausdruck.
»Heute Morgen bin ich umgekippt, die Schwester sagte, ich hätte mit dem schwarzen Mann poussiert.«
»Sehr weltlich, muss schon sagen.«
»Aber gut gedrillt, kaum hat man geläutet, stehen sie schon am Bett, und bevor sie wieder rausgehen, verlangen sie, wenn irgendwas sei, soll man sofort läuten.«

»Ich hab's vorhin im Gang gemerkt, sie sind sehr höflich, auch der Arzt ...«
Na ja, Mami, ich kenne keinen, der zu dir nicht höflich ist. Schon von weitem merkt jeder, da kommt eine wirkliche Dame. Du strahlst irgendetwas aus, ich will fast sagen, eine große Bescheidenheit.
»Hat er was zu dir gesagt?«
»Er hat nur gesagt, jetzt dürfe ich hinein und öffnete mir die Türe, anscheinend der Chefarzt. Ich bin so froh, Ursel, dass es dir gut geht, morgen komme ich wieder, viele Grüße von Vater ...«
Mindestens zehnmal dreht sie sich auf dem kurzen Weg zur Türe um, schaut mich an, winkt, bleibt stehen, meine Mutter. Meine arme Mutter. Die macht vielleicht was mit mir mit. Wenn sie das gewusst hätte, was sie sich mit einem blonden Kind antut, hätte sie sich bestimmt kein solches gewünscht. Sie ist dunkel, wie mein Vater, hat ein reinrassiges Römerprofil und sieht sehr gut aus. Viel besser als ich. Ihre Mutter und die Mutter meines Vaters waren blond. Rotblond und mit Sommersprossen die Mutter meines Vaters. Sie sagen, in ihr Geschlecht würde ich reinschlagen. Die hatte auch immer so ein Theater jeden Monat. Meine Mutter konnte das nie so richtig verstehen bei mir. Aber meine Großmutter, die hat mir da viel geholfen. Wenn ich vor Schmerzen fast umkam, bin ich zu ihr gegangen. Eine Wärmflasche hat sie mir dann gemacht, mich in ihr großes hohes Ehebett gesteckt und mir was ganz Bitteres zu trinken gegeben. Darauf wurde es dann besser. Ich fühlte mich bei ihr richtig in

Sicherheit. Jetzt ist sie schon lange tot. Schade, manchmal denke ich an sie, möchte sie was fragen.

Es klopft – schon wieder Besuch? Nein, eine Gymnastiklehrerin kommt mit federnden Schritten auf mich zu. Aber ... oh ... Ungläubig starre ich sie an. Da nickt sie mit dem Kopf. So hübsch sie ist, so blass und durchsichtig sieht sie aus.

»Arme hoch, tief Luft holen, und ab, hoch, ab ...«
Dann drückt sie die Rippen. »Tief Luft holen, ein, aus.«
Und zum Schluss kommen die Fußmuskeln.
»Wann?«, frage ich sie.
»Schon im Frühjahr!«
»Ja, das sieht man einem noch lange an, so eine Operation geht nicht so schnell an einem vorbei.«
Das kann ja heiter werden, dann hat meine Mutter also doch recht, dass man hinterher mindestens ein Jahr lang braucht, bis man wieder oben ist ... o Gott.
»Wissen Sie«, sagt sie, »der Mensch kann viel aushalten, aber ich habe einen starken Willen.«
Mein starker Wille ist dahin, wenn ich sehe, wie man nach einem halben Jahr immer noch aussieht.
»Bis morgen, da geht's besser, da bekommen Sie auch die Bandagen an den Beinen weg.«
Gymnastik mit »Gipsbeinen«, was es alles gibt. Bolzengerade liege ich im Bett. Kopf und Arme kann ich etwas bewegen, aber dann ist es aus. Mein Parfüm, meinen Spiegel, alles haben sie von meinem Nachttisch abgeräumt, dabei habe ich es mir extra griffbereit hingeordnet, lesen wollte ich, aber so oft ich eine Weile zum Fenster schaue, sehe ich Ratten auf der Gardinen-

stange hin und her huschen. Immer schneller. Und immer gerade da, wo ich nicht hinsehe, sodass ich nur den Schatten von ihnen sehe. Ganz schwindlig wird mir davon.

Abends, als endlich Bert kommt, bin ich zu müde, um ihm das alles zu erzählen. Nur der große Riss in der Wand beunruhigt mich noch.

»Bevor du kamst, hat es ganz entsetzlich hier gekracht. Immer wieder. Der Beton reißt, schau dir nur mal die Wand an. Als ich kam, war da noch kein Riss.«

Er schaut an die Decke und sagt, das wäre ein ganz kleiner Riss.

»Aber glaub' mir, er ist heute größer geworden.«

»Keine Angst, das Krankenhaus stürzt nicht ein, es ist ja ganz aus Beton.«

Was redet er denn, gerade Beton stürzt doch am leichtesten ein. Und immerhin sind hier noch drei Stockwerke darüber. Ob das hält?

»Warum soll es gerade einstürzen, wenn du drin liegst, überleg' doch mal.«

Jetzt kracht es wieder. Sofort steht er auf und zieht den Vorhang zurück. Dann öffnet er die Balkontüre und tritt hinaus. Ach ja, ich habe ja einen Balkon davor, auf den werde ich mich hinausretten.

»Das sind die Fenster, die krachen, weil es Thermopanefenster sind.«

»Aber wir haben doch auch im Haus Thermopanefenster und es kracht nirgends bei uns.«

»Die hier haben eben eine Spannung drauf, weil sie so hoch sind, und daher krachen sie so.«

Also doch, eine Spannung, weil sich der Beton verzieht. Die Fenster schreien Hilfe und keiner hört es. Recklinger Krankenhaus eingestürzt, große Schlagzeilen in der Presse, dann eine Untersuchung und zum Schluss die Feststellung, dass die Fenster schon lange Spannungen aufwiesen und sich durch das ganze Betongemäuer Risse zogen. Keinem hilft's mehr was. So was liest man doch fast täglich in den Zeitungen, berührt es einen noch groß? Denkt man an die Menschen, denen dadurch großes Leid zustieß? Vielleicht, aber man vergisst es besser schnell wieder.
»Zu Hause läuft alles gut.«
Nun, wenn alles gut läuft ohne mich, dann kann das Krankenhaus ruhig einstürzen.
»Du bist so still heute, hast du noch Schmerzen?«
»Es geht, ich bin entsetzlich müde heute. Die Blumen sind alle von Mami, sie war heute Morgen da, sie kam so ungeschickt. Heute Mittag war ich immer alleine und du kommst so spät.«
Ja, ich weiß, vor halb sieben kommt er nicht aus dem Geschäft, bis er dann zum Nachtessen geht, Bine besucht und dann hierherfährt, kann er kaum vor 20 Uhr da sein. Trotzdem, das Warten macht so müde. Die Abendvisite war schon da und gleich kommt die Nachtschwester. Ich höre sie schon.
»Vielleicht komme ich morgen schon früher«, verspricht er, und diesmal gibt er mir zum Abschied einen Kuss. Auf die Wange, meine Lippen sind voller Hautfetzen. Ja, sie sind sehr spröde, aber sobald ich wieder trinken darf, wird das sicher besser.

Am nächsten Tag ist es kurzweiliger. Morgens wieder Gymnastik, es geht tatsächlich besser, dann inhalieren, Visite, eine neue Schwester kommt und stellt sich vor, und dann kommt eine hübsche junge Ausländerin, die das Zimmer reinigt.

»Heute schon bessär, gestern uuu«, sagt sie und hält sich die Hand auf die Brust, dabei verdreht sie die Augen nach oben. Dann schiebt sie ihren Besen vor sich her, kommt auf mein Bett zu, legt ihr Kinn auf's Ende vom Besenstiel und sieht mich mit großen Kulleraugen an.

»Warum Operation?«, will sie wissen.

Doch ich muss nicht viel sagen, nur ja oder nein, sie hat Übung und weiß, wie man die Patienten am schonendsten fragt. Ich frage, ob die Frau im nächsten Zimmer schon operiert ist. Gestern hörte ich dort Stimmen, heute noch gar nichts.

»Ja, heute, schon fertig.«

Und sofort erzählt sie mir alles, was sie über meine Zimmernachbarin weiß.

»Frau älter, vier Kinder, uuu, aber nett.«

Dann beeilt sie sich, wischt schnell noch im Bad und ruft dann: »Tschau, gute Bessärung!«

Gleich darauf höre ich im anderen Zimmer ein Gelächter, aber mit einem Mann. Er neckt sie mit etwas und sie ist anscheinend hellauf begeistert von ihm, denn sie lacht, so oft er was sagt. Später wird es wieder mucksmäuschenstill. Die Frau hat es gut, schläft nach der Operation tief und fest, während ihr Mann bei ihr am Bett sitzt und vielleicht die Zeitung liest.

Mittags klopft es ganz zaghaft an meine Tür, und hereingetrippelt kommt meine Bine. Sie strahlt und trägt ein Sträußchen hoch in ihrem Händchen. Doch wie sie näher kommt vergeht ihr Strahlen und ihr Lächeln wird starr. Unverwandt schaut sie mich an, Tränchen treten ihr in die Augen. Ich strecke ihr meine Arme entgegen und schnell kommt sie her und beugt ihr Köpfchen auf meine Brust. Dann weint sie. Gerührt steht meine Mutter am Bettende und zuckt mit den Mundwinkeln.
»Bine, meine liebe kleine Bine«, sage ich immer wieder und streichle ihre blonden Haare. Schnell beruhigt sie sich.
»Mutti, oh Muttilein, liebes Muttilein«, sagt sie nur schaut mich so mitleidig an, dass ich an mich halten und tüchtig schlucken muss. Dann will sie zu mir aufs Bett krabbeln.
»Nein, Bine, nicht. Weißt du, sonst tut mir der Bauch weh.«
Fragend schaut sie mich an. Das versteht sie nicht. Sonst, zu Hause, wollte ich oft, dass sie zu mir ins Bett kam, aber sie sträubte sich immer. Das muss ihr jetzt wieder eingefallen sein, und bedauernd bleibt sie vor meinem Bett stehen.
»Meine Bine, ach, meine kleine liebe Bine, wenn ich dich nicht hätte!« Jetzt lächelt sie wieder. Dann erzählen sie mir und ich muss immer meine Bine anschauen. So blond und auf einmal so zart kommt sie mir vor. Und so erwachsen. Ich tröste sie, als sie fragt, wann ich denn wieder nach Hause käme.

»Bald, ganz bald, liebe Bine.«
Sie streichelt und küsst meine Hände und sagt: »Deine Hand und dein Arm ist ganz weiß.« Sie merkt eben alles. Und dann fragt sie, ganz leise, sodass Mami es nicht hören kann: »Warum ist denn ein Schlauch an deinem Bett dran, was läuft denn da raus?«
»Das ist nur der Katheter, Bine, da ist der Urin drin.«
»Ach so«, meint sie, dann: »Und warum hast du da einen Verband an dem anderen Arm?«
Da gebe ich meiner Mutter ein Zeichen, dass es für Bine Zeit zum Gehen wäre, denn gleich komme ich wieder an die Flasche, und wenn sie das auch noch sieht ...
Sehr folgsam und ohne Widerspruch geht sie wenig später an meiner Mutter Hand zur Tür. Unter der Türe bleibt sie aber lange stehen, schaut mich an und nickt immer mit dem Köpfchen. Als sie draußen ist, reißt es mir fast das Herz heraus und ich fange an zu weinen. Es ist sehr selten, dass ich weine, meist vor Rührung. Aber heute, da klappt es mit dem Beherrschen nicht so, schließlich habe ich mich schon die ganze Zeit beherrscht, solange sie hier war.
Ich bin so dankbar, was wäre ich denn ohne meine Jüngste. Wenn mich alle verlassen, die verlässt mich nicht, das spüre ich. Und als ich vor sechs Jahren nochmals schwanger wurde, dachte ich, wunder was für ein Unglück mir geschehe. Damals habe ich auch oft geweint, aus Wut, aus Scham und allem möglichen. Und jetzt liege ich da in meinem Krankenbett und weine vor Heimweh nach meiner Jüngsten. Plötzlich

fange ich laut an zu reden. »Bine, ich komme ja wieder, bald kommt deine Mutti wieder.« Und dann bete ich: Lieber Gott, lass mich wieder nach Hause, zu meiner Bine, zu ihren Schwestern und zu meinem Mann.

Doch so schnell geht es bei mir nicht voran, ganz im Gegenteil. Der liebe Gott hängt mein Leben erstmal an einen seidenen Faden. Ich werde schwacher und schwächer, von Aufstehen keine Rede. Die Flasche muss wieder angeschlossen werden, doch nirgends mehr eine Vene. Endlich findet sie ein alter, auf diesem Gebiet anscheinend erfahrener Arzt, auf dem rechten Handrücken. Das tut weh.

Dann wird Blut abgenommen, ständig kommen wieder die Schwestern und messen den Blutdruck, zählen den Puls. Ärzte kommen und gehen. Ich sehe wieder die Ratten auf der Gardinenstange hin und her springen. Meine Mutter und mein Bruder kommen. Mein Bruder starrt mich mit offenem Munde an. Ich muss ja erbärmlich drinhängen.

Dann kommt der ältere Arzt herein. Meine Mutter möchte wissen, was mit mir los ist. Er macht keinen Hehl daraus, dass sich mein Zustand verschlechtert hat. Sagt, die Blutuntersuchung hätte ergeben, dass seit der Operation vor drei Tagen und jetzt ca. ein Liter Blut fehle.

Irgendwo müsste ich einen Bluterguss haben, und sie hoffen nur, dass sich nichts entzünde, weil ja nichts rauskäme. Aber sie bekämen mich schon in den Griff. Erst wollten sie nochmals aufmachen, aber sie versuchen es so. Mit was wohl, frage ich mich. Doch die Hauptsache, sie operieren nicht noch mal, das ist schon was, tröste ich mich. Meine Mutter ist ihm sehr dankbar für seine Offenheit und sie setzt all ihr Vertrauen in ihn. Es ist schon spät, als sie gehen. An diesem Abend ist Bert nicht gekommen, er hatte Kundschaft und konnte nicht weg.

Am nächsten Morgen kommt ein junger Arzt mit einem Tablett an mein Bett.

»Kreuzprobe«, sagt er zur Schwester und nimmt Blut. Ganz dünn ist es, sieht aus wie Himbeersaft. Ich fühle mich dem Tode sehr nahe, so müde bin ich, todesmüde. Aber sie lassen mich nicht in Ruhe.

Durst habe ich. Blasentee steht an meinem Nachttisch, aber Blasentee gibt mir keine Kraft. Meine Blase kann erst gesund werden, wenn mein Körper wieder Kraft bekommt. Und die bekommt er nicht von einem halben Liter Tee. Schwarzer Johannisbeersaft muss her, und zwar gleich. Bert hat zu Anfang schon eine Flasche gebracht, die wird jetzt geöffnet. Um sie allerdings zu erreichen, muss ich aus dem Bett. Langsam und mit letzter Kraft setze ich mich aufs Bett, lasse erst die Füße ein wenig pendeln und dann stehe ich. Einen Schritt nur, und hier kommen mir meine überlangen Arme zugute, dann greife ich die Flasche vom Tisch, stelle sie auf den Nachttisch. Erleichtert lasse ich mich wieder ins Bett fallen.

Die Flasche ist zu. Kaum hat man ein Hindernis überwunden, kommt schon das nächste. Selbst hier bei solchen Kleinigkeiten bewahrheitet sich das. Nun, dann wird eben die Flasche geöffnet, und zu diesem Zweck muss ich läuten.

Meine Rechnung geht auf, es kommt eine ganz junge Schwester, die nichts von Blasentee weiß und öffnet mir gefällig die Flasche. Dann bringt sie auch noch ein Glas und schenkt mir ein. Ach, wie lieb und nett hier alle sind, sowas bin ich gar nicht gewohnt. Dankbar trinke ich gleich das ganze Glas leer. Das tut gut.
Und jetzt, da ich schon auf war, will ich sehen, wie ich aussehe. Ich drehe den Nachttisch herum, sodass ich die Schublade öffnen kann und suche nach meiner Kosmetiktasche. Als erstes kommt mir ein Bild von meinen Kindern in die Finger. Ach, wie schön sie sind, meine armen Kinder. Gleich werde ich mich mit euch beschäftigen, ihr, die ihr mein ganzer Stolz seid, müsst mir Kraft geben.
Dann finde ich die Tasche und den Spiegel darin. Aber wie soll ich schon aussehen. Mehr grün als weiß, sehr spitz und die Lippen voller Hautfetzen. Ich muss mehr trinken, mehr Saft, dann gehen sie sicher wieder weg. Mein Haar ist ganz dunkel und klebrig. Eigentlich sehe ich total verändert aus. Da betrachte ich doch tausendmal lieber meine drei Kinder.
Als Bert am Abend kommt, ist er sehr unruhig. Er ordnet die Blumen, schaut im Bad nach dem rechten, öffnet Fenster und Balkontüre, sitzt mal neben meinem. Bett, mal im Sessel am Fenster. Als er auch noch beginnt, vor meinem Bett auf und ab zu marschieren, regt mich das zu sehr auf und ich sage ihm das.
Sofort entschuldigt er sich, setzt sich zu mir und schaut mich unentwegt an. Ich erzähle ihm den täglichen Ver-

lauf hier, und dass ich das von der Schere immer noch nicht gesagt hätte.

»Um Gottes Willen, Uschi, beleidige bloß die Ärzte hier nicht, sie tun alles, was in ihrer Macht steht.«

»Keine Sorge, aber wenn du so was Schweres in deinem Bauch hättest, das manchmal so weh tut, würdest du auch auf die Idee kommen.«

Der Chefarzt kommt herein und Bert macht Anstalten, aus dem Zimmer zu gehen.

»Bleiben Sie nur hier, das ist doch Ihre Frau, oder?«

Er schlägt die Bettdecke zurück und betastet ganz vorsichtig meinen Bauch. Dann reißt er das Pflaster weg und ich schaue entsetzt auf die Wunde mit den Klammern dran.

»Das sieht gut aus, schön verheilt.«

Wenn Bert jetzt nicht hier wäre, würde ich ihm das von der Schere sagen, egal, ich habe so das Gefühl, dass ich mich nicht blamieren würde. Aber vielleicht täusche ich mich auch, und er würde es tatsächlich als eine Beleidigung auffassen.

»Tut irgendwas weh?«

»Ach, eigentlich nur mein Hinterteil, aber das kommt sicher vom Liegen«, beschwichtige ich ihn.

»Das sieht nicht schlecht aus, möchte nur wissen, wie hier ein Bluterguss hinkommt«, und er tastet die Stelle ab, schüttelt den Kopf.

»Ist es das?«

»Nein, das ist gleich unter der Haut, das ist nicht viel Blut, sieht nur so gefährlich aus.« Er läutet der Schwester und sofort bringt sie mir einen Gummiring, auf dem ich ab jetzt liege. Dann tröstet er mich, sagt, mit jedem Tag würde die Heilung unaufhaltsam fortschreiten, das wäre doch was Wunderbares, für das man Gott dankbar sein müsse. Ich habe den Eindruck, er predigt mehr zu Bert als zu mir.

Und tatsächlich, als wir wieder alleine sind, sagt Bert: »Ich bin ja so froh, dass du hier liegst und nicht in Urbach. Stell' dir vor, du würdest in dem kleinen Krankenhaus liegen, wo nicht ständig ein Arzt da ist, das wäre ja furchtbar.«

Und er zählt mir alle Vorteile auf, die das Recklinger Krankenhaus gegenüber dem Urbacher hat. Diesmal ist es spät, die Nachtschwester ist längst durch, als er geht. Und diesmal winkt auch er mir von der Türe aus noch zu, kommt wieder herein, küsst mich nochmals, bevor er endgültig die Türe schließt.

Es ist Sonntagmorgen und es regnet. Ich sitze auf dem Bett, hänge die Beine raus und frühstücke. Endlich wieder mal ein Brot, ein Schwarzbrot. Dort drüben, im Haus nach dem Park steht jemand im Nachthemd hinterm Fenster und schaut zu mir herüber. Ich winke. Guten Morgen, liebe Frau oder lieber Mann! Siehst du, ich kann schon wieder winken. Und frühstücken: Sogar ein Ei gibt es, und ich halte das Ei hoch, und Honig, rufe ich. Doch jetzt geht die Frau oder der Mann drüben weg vom Fenster und zieht den Vorhang zu. Schade. Ob man mich wohl gesehen hat? Ich sah nur ein Fenster mit zurückgezogenem Vorhang und einer Gestalt, aber sie sah mindestens hundert

Fenster. Ob sie hinter dem einen mich hatte frühstücken oder zumindest sitzen sehen? Aber sicher werden jetzt viele frühstücken, so wie ich, auf dem Bett sitzend direkt hinter dem Fenster.
Wenn bloß der blöde Katheter endlich wegkäme. Doch jeden Tag dasselbe Bild, statt gelber rotbrauner Urin. Also an mir kann das nicht liegen, ich lass' es bestimmt nicht bluten, das ist der blöde Schlauch, der blutet.
Alles ist so ruhig, direkt feierlich. Als ich mit frühstücken fertig bin, alles ist aufgegessen, vergeude ich mein Diorissimo auf meinen Körper. Endlich bin ich wieder von meinem alten Duft umgeben und sogleich versetzt er mich in alte, gesunde Zeiten zurück.
Ich glaube, ich habe den toten Punkt überwunden. Als die Schwester kommt, will ich sofort die Probe aufs Exempel machen und bitte sie, den Katheter abzustöpseln, ich will aufs Klo. Sie will mit. Aber mit geschlossenem Katheter geht nichts. Ein Palaver, bis sie endlich gestattet, den Katheter zu öffnen.
Sie will dableiben. Ich schicke sie weg. Nachdem ich verspreche, zu läuten und nicht alleine ins Bett zu gehen, verschwindet sie. Gut. Nichts ist gut. Die normalsten Bedürfnisse werden zu einer Tortur. Ich läute, sie muss ein Zäpfchen bringen. Draußen vor der Badezimmertür ruft jemand: »Nur Geduld«, ... auch das noch.
Endlich werde ich erlöst. Leichenblass stehe ich vor dem Spiegel im Bad. Zum ersten Mal. Mein Gott, dass ich noch lebe, das ist ein Wunder. So, wie ich aussehe? Da sehen manche Tote noch besser aus, als ich.

Die Schwester stützt mich auf der einen, und auf der anderen Seite ein junger Arzt, der anscheinend vor der Tür gewartet hat. Als ich im Bett liege, sehe ich es. Das Tablett auf dem Fenstersims.
Lauter Kolben zum Blutabnehmen liegen darauf. Nein ... nein ... der schöne Sonntagmorgen geht futsch.
Eine gesunde Wut brodelt und steigt in mir hoch. Ich setze mich auf und höre mich sagen: »Herr Doktor, meine Erlaubnis haben Sie nicht zum Blutabnehmen. Jetzt reicht's. Gestern haben Sie geholt, vorgestern, ab heute brauche ich mein Blut selber!«
Ganz energisch habe ich das gesagt, au, aber er schaut mich ganz wohlwollend an, schlägt die Hacken zusammen wie beim Militär, nimmt sein Tablett und verschwindet.
Bald darauf kommt der Chef. Jetzt bekomme ich sicher eine Abreibung. Doch ganz vornehm begrüßt er mich (weiß er es noch nicht?), untersucht mich wie üblich, fragt, ob ich Appetit hätte und wie ich mich fühle. Ich bin so erleichtert, dass er so nett ist und fange an zu weinen. Als ich in mein Taschentuch schnäuze, ist es ganz hellrot.
»Sehen Sie, jetzt können Sie hier das Blut nehmen.«
Sofort verlässt er den Raum, kommt gleich darauf wieder und gibt mir eine Spritze. Dann setzt er sich in den Sessel am Fenster und erzählt mir von seiner Homöopathie. Dann kommt er her, streichelt mich und sagt: »Nicht aufregen, nur nicht aufregen«, und als er geht, so ganz beiläufig: »Normal wird hier

gemacht, was ich sage«, und zwinkert mir zu. Ach, ich könnte ihn umarmen.

Später kommt er nochmals und erkundigt sich, ob das Nasenbluten weg wäre. Ich nicke und er freut sich. »Hoffentlich, und am Montag nehmen wir nur einen Tropfen Blut aus Ihrem Finger, einverstanden?«

Wieder nicke ich. Gott sei Dank, denke ich und bin seit langer Zeit froh. So beginne ich, den Sonntagmorgen doch noch zu genießen. Inzwischen hat es aufgehört zu nieseln, die Sonne ist durchgebrochen. Drüben der Baum auf dem Rasen ist schon etwas bunt angehaucht. Bis er seine volle Farbe hat, bin ich sicher längst wieder zu Hause. Eigentlich ganz passabel hier – wenn die vielen Spritzen nicht wären.

Das Bild an der Wand, die Schwester hat es ausgetauscht, gefällt mir gut. Es ist vom Bodensee, ein Hopfenfeld ist darauf abgebildet. Darüber Blumenkohlwolken, der Fotograf hat die Stimmung gut eingefangen. Ich liebe den Bodensee, und ich finde, es ist ein gutes Omen, dass die Schwester mir gerade dieses Bild gebracht hat. Eine Woche bevor ich hierher musste, habe ich mich dort erholt. Nur ich und Bine. Bert hat uns an einem Wochenende hingebracht und am Freitag darauf wieder geholt. Das Wetter war ganz herrlich, die Abende so lau und mild, dass wir fast immer bis spät abends auf der Terrasse sitzen konnten. Ein älteres Berliner Ehepaar, das sich an Bine freute, wartete meist auf uns. Dann tauschten wir die Tageserlebnisse aus, Bine musste erzählen, wo wir alles waren und was ihr am besten gefiel. An ihrem

drolligen Schwäbisch hatten die Berliner dann ihre hellste Freude. Nächstes Jahr im September kämen sie wieder hierher. Wir hätten ja nicht weit zum Bodensee und sie würden sich sehr freuen, wenn wir sie da besuchen kämen. Ach, nächstes Jahr.
Damals legte sich mir ein eiserner Gürtel ums Herz, wenn ich daran dachte. Und jetzt habe ich schon das meiste hinter mir. Sie machten mir so Mut und versprachen anzurufen, die Berliner. Ich freue mich schon auf das Wiedersehen mit ihnen. Bis dahin wird eine Wandlung mit mir vorgegangen sein, eine sehr positive.
Ich sehe mich schon mit Bert und Bine aus unserem Oldsmobile steigen, der Besitzer und die Ober werden uns wie üblich begrüßen und die Berliner werden mich kaum wiedererkennen. Ein elegantes Kostüm in dunkelblau möchte ich dann anhaben und meine Haare werden die alte Fülle und Pracht wiederhaben. Die älteren Herrschaften auf der Terrasse werden sich die Hälse nach uns verdrehen und der Herr aus Berlin wird stolz sein, dass wir an seinem Tisch Platz nehmen. Ja, so und nicht anders wird es sein!
Leise klopft jemand an die Tür. Mein Vater kommt herein. Ach, mein armer Vater. Schon wieder muss er mich im Krankenbett sehen. Ganz fest auf die Zunge beißen, dass ich nicht weinen muss. Wie gut er aussieht, seine Haltung, sein Gang. Nur seine Hand zittert, als er mir die allerschönsten Rosen aufs Bett legt. Wie sie duften!
Er sagt nur: »Uschemädchen«, und streichelt mir übers Haar.

»Komm, setz' dich dort in den Sessel«, bitte ich ihn. Er soll nicht so nah an meinem Bett stehen, vielleicht sehe ich vom Sessel her besser aus. Folgsam setzt er sich ans Fenster und lobt mein schönes Zimmer.

Da kommt auch schon die Schwester hereingerauscht, die Oberschwester. Sehr schwungvoll begrüßt sie ihn (sie muss ihn hereingehen gesehen haben), ist entzückt von den Rosen, fragt ihn, ob er die selber gezüchtet hätte, und macht ihm darüber tausend Komplimente. Sie sagt, sie hätten früher auch Rosen im Garten gehabt, aber solch schöne nicht, und sie geht, um die passende Vase für sie auszusuchen.

Schnell kommt sie wieder, und mit Feuereifer unterhält sie meinen Vater. Endlich wird mir hier was geboten und ich genieße das Stück, das da an meinem Bettende gerade gespielt wird. Die Schwester ist in ihrer Hauptrolle, zieht alle Register. Mein Vater bemerkt es wohlgefällig, tut aber so, als merke er gar nichts. Sehr höflich und zurückhaltend gibt er auf all ihre Fragen Auskunft. Die hätte auch gut zu ihm gepasst, mit ihrem Elan und ihrer Energie. Mit der wäre er auch zu was gekommen. Und ich, wie wäre da wohl ich geworden? Ach, ich gehe mal wieder zu weit.

Meine Mutter hat mehr Energie, als alle Schwestern hier zusammen, und nur mit meiner Mutter konnte er sich das Vermögen, das er heute besitzt, erarbeiten. Trotzdem – des Menschen Herz bleibt ewig jung und die Liebe begegnet einem auf vielen Wegen, strömt manchmal schnell von einem Menschen zum andern. Die zwei hier geben mir gerade das beste Beispiel. Ein

harmloser Flirt, der aber – wenn ich richtig liege – unter die Haut geht. Und richtig, als sie gegangen ist, fragt er mich nach ihrem Alter. Als ob die mir hier ihr Alter verraten würden.
»Ach, so um die Fünfzig wird sie schon sein«, schätze ich.
»Nein, die ist in meinem Alter.«
Nun gut, er wird es besser wissen. Wir sprechen noch über dies und jenes, und bald verabschiedet er sich. Besuche konnte er noch nie machen, und lange sowieso nicht.
Mittags kommen meine Kinder und Bert. Alle vier nehmen sich etwas deplaciert hier aus. Nur Bine löst sich als einziges Glied aus der Kette und redet ganz unbefangen mit mir und liebkost mich. Vorher konnte ich die dauernde Stille hier im Zimmer nicht ertragen und jetzt wieder nicht das Durcheinandergerede von meinen Kindern. Ach, ich werde aber auch gar zu schnell müde. Werde ich sie nachher auch wieder so versorgen können? Fast fürchte ich mich etwas davor, wenn ich daran denke, wieviel Arbeit wieder auf mich wartet. Ob ich das wohl noch schaffe? Später, als sie gegangen sind, ärgere ich mich, dass ich – als sie da waren – so traurigen Gedanken nachsann.
Als ich im Bad vor dem Spiegel stehe, werde ich noch mutloser. So blass und elend sah ich in meinem ganzen Leben noch nie aus. Die Lippen sind ganz weiß. Kein Wunder, dass sie mir anfangs den Spiegel versteckt haben. Wenn ich wenigstens besser schlafen könnte, aber da ist bis jetzt nichts drin.

Endlich, am zehnten Tag bekomme ich den Katheder weg. Das Bluten hat aufgehört. Die Schwestern befürchten, dass ich nach so langer Zeit nicht mehr von selber urinieren kann. Na, das wäre ja ein Ding. Bei der Visite frage ich den stellvertretenden Chefarzt und wutentbrannt pfeift er die Schwestern wegen ihres dummen Geschwätzes zusammen. Doch ich befürchte da eigentlich keine Komplikationen, und tatsächlich, ich habe auch keine.
»Na also, sehen Sie«, sagt der Arzt, »sowas darf man den Patienten doch nicht sagen, dann meinen sie nämlich, sie könnten nicht, und dann geht's wirklich nicht. Dann hätten wir den Salat gehabt. So sind wir schon wieder einen Schritt vorwärtsgekommen.«
Also doch nicht so einfach ...
»So langsam wird's dann Zeit, dass die Fäden rausgeschwemmt werden, da kommt es dann zu einer kleinen Blutung.«
Wenn die nur klein bleibt, wahrscheinlich das nächste psychologische Exempel mit mir. Aber in diesem Fall klappt es nicht, weil's da noch nie geklappt hat, das habe ich schon zur Genüge ausprobiert.
Trotzdem soll man ja die Hoffnung nie aufgeben, und vielleicht kennt er inzwischen meinen Körper besser als ich, und er hat Recht.
Am nächsten Tag geht's prompt damit los. Und wie. Die Schwester holt sofort den stellvertretenden Chef. Ich bekomme Spritzen und er redet so gut er kann auf mich ein. Bringt mir schonend bei, dass da ungefähr ein Liter raus müsse. Nämlich der, der irgendwohin

verschwunden wäre. Er bleibt lange an meinem Bett, und erst als es nachlässt, geht er.

Später am Abend kommt meine Mutter und sie fragt, was denn der Eimer unter meinem Bett soll. Sie öffnet ihn und erschrickt im Moment. Ich beruhige sie: »Das ist altes Blut, das muss raus.«

Sie meint auch: »Ja, das ist altes Blut.«

Da bin ich beruhigt, denn was meine Mutter sagt, hat noch immer gestimmt. Von mir aus, jetzt kommt der Endspurt. Aber das dunkle Blut wird von Tag zu Tag heller und jeden Morgen ist der Eimer randvoll. Obwohl er zwischendurch geleert wird. Bert kommt abends wie ein Arzt herein, hebt als erstes den Deckel vom Eimer und dann begrüßt er mich.

»Der Arzt sagt, morgen wird's besser«, beruhige ich ihn. Aber das sagt er schon seit einer Woche. So langsam bekomme ich eine Wut auf die ganze Homöopathie. Die lassen mich lieber verbluten, als dass sie mit allopathischen Mitteln anfangen. Morgens, beim Frühstück, höre ich, alle anderen Patienten bekommen Kaffee, nur an meiner Tür rufen sie: »Siebzehn nur Tee!«

Doch selbst auf dies wird hier geachtet. Woanders erhielt ich immer Kaffee, und wenn ich einen Einwand machte, hieß es, das mache gar nichts. Trotzdem bin ich sauer, wenn die anderen hier Kaffee bekommen, heißt das, die bluten eben nicht oder nicht arg, und schließlich müssen bei denen die Fäden doch auch ausgeschwemmt werden.

Ich bin schon eine empfindliche Pflanze, und obwohl

sich die Schwestern und Ärzte nichts anmerken lassen, spüre ich doch, wie sie langsam böse auf mich werden, weil trotz ihrer Bemühungen die Bluterei nicht nachlässt. Ich bin auch wütend, und als Bert abends kommt und auch er sich davon überzeugt hat, dass nichts nachlässt, beschwere ich mich bei ihm über das noble Krankenhaus hier.
»Wenn es bis morgen nicht besser ist, Bert, musst du mich woanders hinbringen. Mit Allopathie wäre das schon längst weg. Die mit ihrer Homöopathie hier, davon wird's mir überhaupt nicht besser. Andere gehen schon längst auf dem Balkon spazieren, und ich liege immer noch wie eine Schwerkranke hier drin. Schließlich sind die alle nach mir operiert worden, bei denen klappt alles, nur bei mir nicht, überhaupt, ich sage morgen, sie sollen die Rechnung machen, was können sie schon dagegen sagen? Mir reicht's jedenfalls.«
Berts Augen werden immer größer und ganz erschrocken schaut er mich an. »Um Gottes Willen, Uschi, mach keinen Quatsch. Du bist hier in den besten Händen.«
»So, in besten Händen, darauf kann ich verzichten, wenn sie mir nicht helfen können!«
»Du bleibst hier, ich bringe dich jedenfalls nicht weg!« Mir bleibt die Spucke weg. Das ist nun mein Ehemann.
»Dann gehe ich eben alleine. Ich telefoniere ein Taxi herbei und meine Sachen werde ich schon noch packen können ...«
»Untersteh dich ja nicht, ich befehle dir ...« Böse, rich-

tig böse wird er. Und als mir bewusst wird, dass wir uns hier fast handfest streiten, schieße ich scharf: »Andere Männer hätten von selber ihre Frau hier rausgeholt und würden nicht schon 'ne Ewigkeit zusehen, wie sie tagein tagaus als Dauerbluterin hier drin liegt.« Ach ja, das stimmt doch alles, und jeder macht mir hier was vor. Selbst mein Mann hält nicht zu mir, sondern zur Gegenpartei. Das Wortgefecht hat mich so verausgabt, dass ich plötzlich zu weinen anfange. Und ich denke noch, alle wollen mich loswerden, selbst Bert, sonst würde er doch was tun. Nicht mal zum Chefarzt geht er. Übrigens traut der sich schon gar nicht mehr rein, heute war er jedenfalls noch nicht da. Er schickt jetzt den Oberarzt. Und dabei hörte ich ihn vorhin auf dem Gang vor meiner Tür mit der Schwester flüstern.

Als ich mir gerade die Nase putze, kommt die Nachtschwester. Die nette Jugoslawin ist wieder da. Ich will nicht, dass sie denkt, wir hätten uns gestritten und sage ihr: »Ich will hier weg!«

»Ja, wo wollen Sie dann hin? Nach Urbach? Da bleiben Sie lieber bei uns. Schauen Sie – hier«, und sie zeigt auf allerlei Steckdosen hinter meinem Bett, »alles da. Sauerstoff, Beatmungsgerät ..., das hat Urbach nicht. Bis da die Schwester kommt und dann den Arzt holt, ist es viel zu spät. Hier hab ich alles da, kann sofort bedient werden. Wir sind ganz modern, und dann ... ich kenne Urbach, unmögliches Personal. Wenn Sie da läuten, ha, bis die laufen. Schlimm!«

Ich nicke und Bert gibt ihr Schützenhilfe. Zu zweit wollen sie mich partout davon überzeugen, dass hier

alles für mich getan wird. Wem ich es so betrachte, haben sie schon recht. Aber mein voller Eimer gibt mir Recht. Doch auch hier weiß die Schwester Trost: »Schauen Sie, wird schon besser, ganz langsam.«
»Du musst dich eben noch gedulden, Uschi, bei dir dauert es halt alles etwas länger. Was macht das schon, ob du hier vier oder fünf Wochen bist. Die Zeit geht auch vorbei.«
»Fünf Wochen, du bist gut. Nach drei Wochen wird man normalerweise entlassen, und länger als vier bleibe ich nicht da.«
»Also, da hast du noch über eine Woche Zeit, bis dahin wird alles vorbei sein.«
Er bleibt an diesem Abend lange da. Schüttelt mir die Kissen, fragt, was für Bücher er besorgen soll, und gemeinsam schauen wir die Bodenseeaquarelle von Ficus an. Ach, das Bluten würde mir ja gar nicht so viel ausmachen, das bin ich ja letztlich gewohnt. Aber mein Aussehen, wenn ich meine Hand malen müsste, ich brauchte mehr grün als weiß. Und dabei trinke ich jeden Tag eine ganze Flasche schwarzen Johannisbeersaft. Und Eisenmittel geben sie mir und weiß der Kuckuck was alles noch. Nun gut, verlasse ich mich eben auf ihre Hände, vielleicht geschieht ein Wunder.
Am anderen Morgen lasse ich – trotz Verbots – die letzten Binden ins Klo verschwinden, dann sieht's im Eimer nicht mehr so gefährlich aus. Aber der Eimer interessiert den Chefarzt gar nicht mehr.
»Jetzt müssen wir da mal was unternehmen! Bringen Sie sie nachher vor. Aber im Stuhl!«, gibt er der

Schwester Order. Was will er denn unternehmen, frage ich mich. Sehr kurz ist er heute, fast barsch. Mein Gott, die Nachtschwester wird mich doch nicht verpfiffen haben? Ich glaube es fast. Das hätte ich der nicht zugetraut, sie ist doch so nett zu mir gewesen. Dann werde ich in das Wartezimmer von der Gynäkologie gefahren. Blöde, im Morgenmantel sitze ich da unter ganz normal angezogenen Frauen. Den Rollstuhl soll sie wieder mitnehmen, befehle ich. Doch nachher, als ich aufgerufen werde und alle Blicke auf mir Jammergestalt ruhen, habe ich große Mühe, mich einigermaßen aufrecht zu halten. Kerzengerade, wie mit einem Besenstiel im Rücken, stolziere ich an der Wand entlang in Richtung Sprechzimmer. Doch schon kommt mir seine Sekretärin entgegen.

Dann kommt der Chef. Zu zweit helfen sie mir auf den Untersuchungsstuhl. Kaum liege ich, fangen meine Knie an zu schlottern.

»Nur keine Angst, Schwester Roswitha passt auf mich auf, dass ich Ihnen nichts tue.«

»Wirklich?«

»Ja, ja«, und sie hält ihm ein Instrument hin. Da erhebt er sich kurz, um die Lampe über seinem Kopf herzuholen und dabei bekommt er das Ding auf den Kopf.

»Au«, ruft er und seine Hilfe macht ein Affengesicht zu mir. Ich fange an zu lachen und kann gar nicht mehr aufhören. Dabei wackelt mein ganzer Unterleib. Er muss warten, bis ich ausgelacht habe. Dann, während er mich untersucht, muss ich mich sehr beherrschen,

dass ich nicht weiterlache. »Da drinnen sind lauter Blutklumpen, die müssen wir langsam aber sicher ablösen, damit das Loch da drinnen kleiner wird und es heilen kann. Morgen wieder!«
Als er abends zur Visite kommt, ist Bert gerade da. Er will wissen, ob irgendwas weh tut.
»Ja, wieder hier«, (meine Schere) und ich zeige auf meinen Bauch.
»Aha, an den Knöpfen!«
»Nein, nicht am Schnitt, weiter oben«, erkläre ich.
Da nimmt er meine Bettdecke, schlägt sie zurück und befiehlt: »Freimachen!«
Dann erklärt er Bert die Operation. Dazu nimmt er seine Finger.
»Also, das, was Sie sehen, ist der erste Schnitt. Da bin ich erst am Bauchfell. Dann kommt hier oben ein Schnitt, dann bin ich im Bauch drin. Und nun hier rechts und links ein senkrechter Schnitt und dann ein letzter waagrechter ganz innen. Genauso wird dann in umgekehrter Folge wieder zugenäht. Daher also hier drin die Schmerzen, an den Knöpfen zwischen dem oberen und den senkrechten Schnitten.«
Bert ist sprachlos, ich auch. So habe ich mir das nicht vorgestellt.
»Deshalb wird immer der Blinddarm mit rausgenommen, sonst ...«
Erstaunt sieht er mich an, erklärt aber gleich: »Das ginge schon noch, aber nach jedem Öffnen geht's schlechter zu!«
Auweia, da darf ich aber keinen großen Unfall haben,

wenn mein Bauch so zerschnitten ist. Wenn ich das gewusst hätte ... aber jetzt ist es schon so.

Am darauffolgenden Tag, am Samstag, wieder auf den Stuhl. Diesmal arbeitet er zügiger und ich sage: »Nur langsam«, und er: »Angsthase, ich hole nur ganz wenig heraus.«

Doch wie ich vom Stuhl steige, beeilt er sich und stößt rasch eine Schublade zu, die versteckt an dem Ding angebracht sein muss. Aber ich habe es trotzdem gesehen, sie ist voller Blutklumpen.

»Nur ganz wenig?« So verächtlich, als ob ich sage, pfui, du lügst, sage ich das. Er zieht nur die Augenbrauen hoch, wie ich.

Warte, Bürschchen, so schnell bekommst du mich nicht mehr auf das Folterinstrument.

»Einen Wagen für Frau Schray«, ruft er. Aber ich will sein Almosen nicht und rufe: »Nein danke!«

Doch wie ich im Morgenmantel wieder aus der Tür trete, verliere ich die Beherrschung und fange mal wieder an zu weinen. Gleich werde ich hier vor allen Leuten noch tot umfallen, dann ist das Drama beendet. Da kommt der Oberarzt, sagt, er müsse gerade auf meine Station und da könne er mich gleich mitnehmen. Er geht so dicht neben mir, dass ich gar nicht mehr umfallen kann.

Am Sonntag kommt wieder – wie befürchtet – der Chefarzt zur Visite.

»Und was machen wir heute?«, fragt er.

»Gar nichts, heute ist Ruhetag«, antworte ich. »Außerdem wird es besser!«

Heute Morgen kam nicht mehr so viel wie sonst. Außerdem spüre ich es. Aber er lässt sich nicht beirren, schaut in den Eimer und sagt nur: »Ja?« Er glaubt es nicht, meint, ich flunkere ihm was vor. Er glaubt eben nur, was er sieht, nicht, was ich spüre. Fragend schaut er mich an, er ist sehr feinfühlend.
»Alles sonst in Ordnung?«
»Ja«, lache ich und bemühe mich, dass es ehrlich aussieht. Dabei ist gar nichts in Ordnung. Schon um acht klingelte mein Telefon und Bert meldete sich mit total veränderter Stimme.
»Heute Nacht hat jemand Steine ans Schlafzimmerfenster geworfen, irgendwas ist hier im Gange. Und jetzt will ich wissen, welcher Mann an Freitagabend bei dir im Zimmer war!«
Ach Gott, das alte Theater. »Es war kein Mann da, Bert, beruhige dich doch ...«
»Nein, nein, die Nachtschwester hat es mir gestern bestätigt, ein großer untersetzter Mann war bei dir!«
»Ja, wie kann denn die Nachtschwester sowas sagen?«, empöre ich mich. Und groß und untersetzt, was soll das, das passt doch gar nicht zusammen.
»Uschi, lüg' mich nicht an, wer war es?«
Nur nicht aufregen, sicher hat er gestern Abend getrunken, dass er so ein Zeug daherredet. Ich kenne das doch, so zwei-, dreimal im Jahr, immer, wenn er zuviel getrunken hat, ist das seine Reaktion.
»Bert, wenn ich dir doch sage ...«
Aber ich kann sagen, was ich will, er glaubt mir nicht. Bezichtigt mich dafür einfach der Lüge, was mich tief

beleidigt. Dabei weiß er doch genau, dass ich ihn noch nie belogen habe. So lege ich eben einfach den Hörer auf die Gabel. Fast hätte ich den Vorfall dem Chefarzt erzählt, aber nur fast. Wo er doch sowieso schon auf diesen eifersüchtig ist, dann wäre das Theater erst recht losgegangen. Ich bemühe mich, den Anruf einfach aus meinem Gedächtnis zu streichen, er darf mich nicht aufregen. Jetzt, wo endlich die Bluterei nachlässt. Aber gar nicht so einfach. Mit groß und untersetzt meint er wieder meinen Metzger, bei dem ich das Fleisch kaufe. Ich mag ihn gut leiden, aber bei der Vorstellung, ich hätte ein heimliches Verhältnis mit ihm und er würde mich sogar hier am Krankenbett besuchen, muss ich laut loslachen. Ach, mein Bert, mein armer Bert, was der sich so denkt. Zu lustig, der Willi und ich. Wenn der wüsste, was er für eine Rolle in der Phantasie meines Mannes spielte, der würde vor Lachen gar nicht mehr aufhören. Ich lache, dass mir der Bauch weh tut. Obwohl das eigentlich gar nicht zum Lachen ist. Aber was soll ich denn anderes machen, was bleibt mir denn anderes übrig?

Glücklicherweise werde ich durch lieben Besuch von diesem Vorfall abgelenkt. Meine Eltern betreten das Zimmer und bringen eine andere Atmosphäre mit herein, leicht, unbeschwert. Sofort merke ich, wie die Spannung, fast möchte ich sagen, die Angst in mir, nachlässt. Sie unterhalten mich gut, und als meine Mutter fragt:»War denn deine Schwiegermutter noch nicht da?«, antworte ich:»Nein, die soll bloß beim Teufel bleiben!«

Ganz perplex schauen sie sich an und dann lachen sie schallend, und ich mit. Ja, so gefällt es mir schon besser, endlich wird mal ordentlich gelacht hier. Und endlich ist es wieder so wie früher ...
Ach, was wurde bei uns zu Hause gelacht. Das ist es, was mir in Urbach fehlt. In der Familie meines Mannes habe ich eigentlich noch nie so herzlich gelacht, überhaupt wird da gar nicht so gelacht, wie ich es von zu Hause her gewohnt bin. Das fällt mir jedes Mal auf, wenn ich mit meinen Eltern und meinem Bruder wieder zusammen bin. Und mein Bruder erst, wenn der jetzt hier wäre, der würde sich vor Lachen auf den Schenkel schlagen, so hätte ihn mein Ausspruch eben gefreut.
Na ja, stimmt auch. Über drei Wochen liege ich jetzt hier, da hätte mich meine Schwiegermutter schon mal besuchen können. Stattdessen fährt sie lieber mit ihren Altersgenossen und anderen Leuten zu irgendwelchen Ausflugszielen. Das ist ja auch wichtiger als ich. Nur – umgekehrt hätte ich mir das ihr gegenüber nicht erlauben mögen, da wäre kein gutes Haar mehr an mir drangelassen worden. Doch das vielleicht sowieso nicht. Egal.
Was meine Mutter jetzt wohl sagen würde, wenn ich ihr das von Bert erzählte? Dass er sich nicht scheut, mir hier, im Krankenhaus, solch unerhörte Vorhaltungen zu machen? Wenn ich es mir genau überlege, eigentlich eine Schande. Da wäre meine Mutter sicher sprachlos, und mein Vater? Der würde glatt hier sitzen bleiben und ihm – wenn er kommt – den Zutritt zu

meinem Bett verwehren. Das wäre das Normale. Entweder – oder. Gerade sprechen sie über ihn, wie lieb und besorgt er wäre, und dass er fast jeden Abend seine Bine besuchen würde, die ihn ganz fest liebhätte. Oft würde er mit Tränen in den Augen von ihr gehen, und sie, Bine, würde dann ihren Vati trösten. »Oh, der Fuzi-Vater, das ist dann noch ein treuer Dackel«, sagt mein Vater und lacht.
»Und manchmal wird aus einem treuen ein blöder Dackel!«
Au, das ist mir so rausgerutscht, das wollte ich eigentlich nicht sagen, aber es hat sie nicht stutzig gemacht. Ich habe ja schon immer einen Hang zu deplacierten Witzen gehabt ...
Sicher hat er zu tief ins Glas geschaut, gestern Abend. Vielleicht ist das dann weiter gar nicht tragisch, wenn er so reagiert. Besser jedenfalls als sein Freund Schlecht von Deggingen. Wenn der zuviel getrunken hat, haut er die ganze Wohnungseinrichtung entzwei. Seine Frau muss sich dann regelrecht vor ihm verbarrikadieren, sonst prügelt er sie durchs ganze Haus. Unsere besten Kunden ... mein Gott, was die schon Möbel gekauft haben.
Da ist dann der Eifersuchtswahn von meinem Bert schon billiger. Na ja, einen Fehler hat eben jeder, und schließlich weiß ich ja, dass Bert mich liebt, und das ist doch die Hauptsache. Er wird sich schon entschuldigen, wie immer.
Und tatsächlich, am Nachmittag betritt er mit einem riesigen Rosenstrauß das Zimmer. Wie ich ihn sehe,

habe ich ihm bereits vergeben, denn ganz verweint sieht er aus, mein armer Bert. Schon wieder kommen ihm die Tränen, er schämt sich so. Er braucht sich doch nicht zu schämen, wegen mir. Ich breite die Arme aus und erlöst legt er seinen Kopf auf meine Brust. Ich streichle ihn, tröste ihn. »Ach Bert, du bist doch mein Lieber, sag' nichts, alles ist wieder gut.«
Nach einer Weile, als er sich beruhigt hat, erzählt er mir, dass er einfach nicht hätte schlafen können. Sein Herz hätte ihm zum Zerspringen wehgetan, und als auch noch jemand Steine ans Fenster geworfen hätte, müsste er sich solch dummes Zeug zusammengereimt haben. Jetzt wüsste er gar nicht mehr, wie er auch auf so was kommen konnte, und wie er mir dies antun könne, noch dazu hier, im Krankenhaus.
»Uschi, nie wieder, Ich verspreche es dir, nie wieder werde ich dich verdächtigen und dir sowas antun.«
»Was denkst du dir denn, ich mit meinem Körper ...«
»Ach, so ist es halt, wenn man jemand so arg liebhat, wie ich dich. Da spielt einem vor lauter Angst die Phantasie einen Streich.«
»Nur spielt sie bei dir immer den gleichen ...«
Da lacht er, hält noch immer meine Hand und schaut mich so strahlend an wie selten. Ich spüre direkt, wie seine Liebe in mich überströmt.
»Jetzt wird alles wieder gut, meine Bluterei hat schon nachgelassen, bald komme ich heim!« Ich streichle sein Haar und wir sind sehr glücklich.
»Ich bin so dankbar, Uschi, dass es besser geworden ist, so dankbar, du glaubst es gar nicht. Heute siehst du

zum ersten Mal besser aus, und dabei habe ich dich so aufgeregt. Oh Uschi!«
»Mami und Vati waren heute Morgen da ...«
»Hast du was gesagt?«
»Was?«
»Dass ich dich angerufen habe?«
»Ach so, nein, natürlich nicht, Dummer ...«
Jetzt endlich scheint er ganz beruhigt zu sein und er gewinnt seine Selbstsicherheit wieder. Seine Augen leuchten und endlich ist alles Schwarze aus diesem Zimmer hier verflogen. Er spürt es auch, ist so gelöst, verspricht, abends nochmal zu kommen, vor lauter Freude. Schweren Herzens lasse ich ihn gehen und freue mich schon bis später, wenn er wiederkommt.
Endlich hat sich das Hoch angekündigt, das uns in Zukunft nicht mehr verlassen wird. Und endlich spüre ich wieder Kraft in mir kommen, nicht viel, aber immerhin ...
Und Appetit habe ich, Zeit, dass das Nachtessen kommt. Die Schwester muss noch zusätzlich ein Brot holen und ich bedaure sehr, dass kein halbes Hähnchen aufgetragen wird. Das werde ich aber zu Hause nachholen. Überhaupt werde ich den ganzen Küchenzettel umstellen, auch wenn ich mehr Haushaltsgeld brauche. Bert wird sich wundern, ich werde kochen wie im First-Class-Hotel und ihn belohnen für all das Schlimme, das er mit mir durchgemacht hat.
Abends, als er wiederkommt, malt er mir in den allerschönsten Farben unsere Zukunft aus. Das Geschäft will er jetzt, da er weiß, dass ich wieder ganz gesund

werde, endlich umbauen, um das Doppelte vergrößern, die Ware aufs Modernste präsentieren.
»Gleich morgen gebe ich dem Architekten grünes Licht, er muss die Pläne so schnell wie möglich fertigmachen.«
»Und die Finanzierung?«, frage ich.
»Ach was, wir verkaufen unsere Wohnung in Düsseldorf, dazu unser Bargeld, den Rest nehmen wir auf Kredit.«
»Und wenn es noch hapert, können wir ja unser Haus verkaufen, das brauchen wir dann sowieso nicht mehr, wenn wir oben aufs Dach eine Penthousewohnung bauen«, erwidere ich.
»Dann geht endlich dein Wunsch in Erfüllung, Uschi. Direkt unterm Hohen Urbach werden wir wohnen, mitten im Tal und unter freiem Himmel.«
Das wird das Maximum werden. Alles mit Glasdächern und Kuppeln, mit verschiebbaren Wänden, großen Terrassen und einem großen Innenhof. Oh, wie wir uns freuen, uns die Hände halten und in die Augen sehen. Gar nicht genug bekommt er von seinen Plänen und Versprechungen, die fast gar zu großartig sind.
»Bert, bitte, versprich' doch nicht so viel, sag' nicht, was du denkst, sonst wird es vielleicht nicht wahr!«
Aber er lässt sich nicht bremsen, beginnt immer wieder, weiß immer Tolleres. So habe ich ihn noch gar nie erlebt, direkt enthusiastisch ist er geworden. Er steckt mich richtig an. Und so bleibt er auch, solange ich noch hier bin. Jeden Morgen ruft er mich an, fragt, wie ich geschlafen hätte und was ich für Wünsche hätte.

Und plötzlich erhalte ich von überallher Blumen. Selbst langjährige Vertreter, bei denen Bert einkauft, senden mir die herrlichsten Blumengebinde. Die Schwestern kommen aus dem Staunen nicht mehr heraus.

Und jetzt besuchen mich auch unsere Freunde und Bekannte. Als ich mich wundere, warum sie alle erst jetzt und nicht schon früher gekommen sind, sagen alle dasselbe, nämlich Bert hätte ihnen vorher immer davon abgeraten.

Auch Bert hat wieder mehr Zeit, entwischt öfters dem Geschäft und taucht hier ganz unerwartet auf, denn inzwischen ist unser Büro wieder mit einer Halbtagskraft besetzt. Er freut sich so an meiner Genesung, dass er sich möglichst immer wieder aufs Neue davon überzeugen muss. Es geht von Tag zu Tag aufwärts mit mir und am Schluss der fünften Woche packe ich und verabschiede mich. Der Chefarzt, die Ärzte und Schwestern, alle freuen sich mit mir, bis Bert und Bine erscheinen, um mich abzuholen.

Es ist ein strahlend heißer Oktobersamstag-Nachmittag, als ich von Recklingen wieder nach Urbach fahre. Bine lacht in einem fort, so freut sie sich, endlich ihre Mutti wieder um sich zu haben. Bert dagegen ist gerührt, sooft er mich ansieht, bekommt er feuchte Augen.

Zu Hause ist alles tipptopp in Ordnung, überall stehen Blumen zur Begrüßung. Als mich an diesem Abend Verwandte besuchen wollen, lehnt er etwas unbe-

herrscht ab. »Die Kinder und ich möchten dich jetzt mal für uns alleine haben«, ist seine Begründung.
Trotzdem herrscht Trubel in unserem Haus. Ständig klingelt es irgendwo. Mal an der Tür, dann wieder das Telefon. Es dauert ein paar Tage, bis ich mich an den Lärm, der an sich ganz normal ist, wieder gewöhnt habe.
Die erste Woche bleibe ich ganz zu Hause, doch schon in der zweiten gehe ich in unser Büro. Kochen brauche ich noch nicht, Bert, Bine und ich gehen vorerst ins Lokal zum Mittagessen, denn schwere Töpfe und Pfannen kann und soll ich noch nicht heben. Oma bekocht weiterhin die beiden Großen und unsere Hilfe versorgt den Haushalt. So läuft alles prima weiter und ich kann darangehen, die Buchführung und alles Dazugehörende für die vergangenen zwei Monate nachzuholen. Alles wäre soweit wieder im Gleis, und trotzdem spüre ich, wie sich manchmal etwas Unbekanntes, Trennendes zwischen uns einschleicht. Aber ich kann es nicht identifizieren, so sehr ich auch versuche, es zu finden.
Dinge, die noch nie vorgekommen sind, passieren auf einmal. Bert ist sehr unbeherrscht und oft auch sehr ungerecht zu mir. Habe ich im Geschäft Kunden bedient, wirft er mir hinterher vor, was ich dabei alles falsch gemacht hätte.
Entweder bin ich zu unfreundlich gewesen, dann wieder habe ich das Angebot zu billig gemacht oder hätte etwas Anderes anbieten und verkaufen sollen. Nichts kann ich ihm mehr recht machen. Er nörgelt

und schimpft fast täglich an mir herum. Dabei finde ich, dass er derjenige ist, der Anlass zu Ärger gibt. Morgens, kaum bin ich im Büro, nimmt er mein Auto und fährt damit zur Post und Bank. Meist kommt er aber erst kurz vor Mittag wieder zurück.
Inzwischen kommen Anrufe, Kunden oder Lieferanten stellen irgendeine Anfrage. Manche kann ich vertrösten, doch die meisten verlangen von mir eine kompetente Antwort. Zwangsläufig entscheide dann ich. Kommt er dann endlich und ich trage ihm den Fall vor, habe ich seiner Ansicht nach wieder prompt das Falsche gemacht. Einmal platze ich, schreie ihn an, dann soll er eben hierbleiben. Schließlich wäre er schon vor über zwei Stunden weggegangen, das sei doch keine Art. Und warum er denn meinen Wagen nähme statt seinen, vielleicht, damit ich ihn nicht kontrollieren könne, wo er so lange bliebe?
Doch das regt ihn alles gar nicht auf. Am nächsten Tag spielt sich wieder dasselbe ab. Die Bürokraft kennt sich noch nicht gut aus, und ohne ihn ist unser Geschäft ein richtiger Saftladen geworden. Ich kenne mich auch nicht mehr aus, denn die Waren sind durchweg nur mit dem Preis ausgezeichnet und keiner weiß dann den Lieferanten. Wird ein größeres Stück oder sonst was Passendes dazu gewünscht, stehe ich vor dem Kunden da, wie der Ochse vor der Apotheke. Ganz schön blamabel.
Ich kann das alles gar nicht verstehen, er war doch früher immer so auf Ordnung bedacht. Wenn er wenigstens dann dabliebe, vielleicht hat er neuerdings

all die Einzelheiten im Kopf. Als er wieder einmal erst kurz vor Mittag nach Hause kommt, und auf meine Frage: »Wo warst du denn so lange?«, nur mit: »Das geht dich überhaupt nichts an«, antwortet, halte ich es nicht mehr aus und verlasse sofort das Büro. Soll er doch sehen, wie er alleine klarkommt. Schließlich renne ich nicht ins Geschäft, damit – sobald ich da bin – er es verlassen kann.

Ich hole Bine aus dem Kindergarten, entlasse unsere Haushaltshilfe und setze mich ganz erledigt in einen Sessel. Als er endlich kommt, um uns zum Mittagessen abzuholen, bin ich gerade dabei, in der Waschküche die Wäsche aufzuhängen. Wütend poltert er die Treppen herunter. »Leg' sofort das Zeug weg und komm jetzt!«, befiehlt er.

»Fällt mir überhaupt nicht ein, du kannst alleine zum Essen gehen, mir ist der Appetit vergangen.« Außerdem sieht man, dass ich inzwischen geweint habe, mir nur zu deutlich an. Er reißt mir das Wäschestück aus der Hand und wirft es in den Korb zurück. Ich hole es wieder heraus und will es aufhängen. Da schubst er und stößt mich zur Waschküche hinaus, aber ich wehre mich. Doch er ist viel stärker als ich und ganz roh, wie ein Stück Vieh stößt er mich vor sich her zur Tür hinaus, den Gang entlang. Dabei schlage ich immer wieder irgendwo an, sodass ich vor Schmerzen anfange zu jammern.

Am Fuße der Treppe bleibe ich stehen. Schon kommt er mit ganz entsetzlichen Augen auf mich zu und ich fange an zu schreien und schreie, wie ich noch nie im

Leben geschrien habe vor Angst. Ich zittere an Leib und Seele. Im selben Augenblick, da er das sieht, ist er wie umgewandelt. Liebkost mich und trägt mich auf Bines Bett. Dann behauptet er: »Du hast einen Nervenzusammenbruch, ich rufe gleich Dr. Altbauer an, er soll dir eine Spritze geben.«
»Nein, Bert, bitte nicht«, wehre ich ab.
Schnell stehe ich auf, sage: »Es ist schon wieder alles in Ordnung«, denn was soll denn hier ein Arzt? Schließlich hatte ich noch nie einen Nervenzusammenbruch und schon gar nicht zur Beruhigung eine Spritze erhalten, das fehlte mir noch.
Er hat mich doch aufgeregt, und ich glaubte fast, er wollte mich umbringen, so einen Ausdruck hatte er im Gesicht. Doch nun ist er wieder so lieb und fürsorglich, dass ich mich vielleicht vorhin doch getäuscht habe.
Bine, meine arme Bine, steht oben an der Treppe und hat alles mit angesehen und gehört. Sie weint bitterlich, das arme Kind. Schnell trösten wir sie. Mit erheblicher Verspätung kommen wir zum Essen und ich beschließe, ab dem nächsten Tag morgens wieder zu Hause zu bleiben und selber zu kochen. Vielleicht meint er, ich kontrolliere ihn zu sehr, wenn ich schon morgens im Büro auftauche. Frauen sollen bekanntlich zu Hause an den Herd gehören, dann soll es zu keinen Schwierigkeiten kommen. Vielleicht ist das so. Vielleicht regt ihn aber auch seine Spekulation auf. Der Krügerrand steigt und steigt und er hat vor zwei Wochen verkauft. Alles, was wir hatten, und ohne sich vorher mit mir zu besprechen. Wenn er auf sich eine

Wut hat, gibt er es ja nie zu, dann wird immer alles auf mir abgeladen. Wahrscheinlich schläft er auch deshalb so schlecht. Nichts regt ihn ärger auf, als wenn er finanziell Verlust macht.

Obwohl er noch zufrieden sein kann, er hat trotzdem eine schöne Summe dabei gewonnen. Aber so ist der Mensch, wenn er sieht, dass er noch mehr hätte verdienen können, wird er unzufrieden. Und das, was er hat, zählt nicht mehr.

Wenn ich morgens aufwache, ist sein Bett oft leer. In der Meinung, er sei bereits in der Küche und richte das Frühstück, stehe ich auf. Aber er ist nicht in der Küche. Auch sonst nirgends im Haus. Kurz nach sieben kommt er zur Haustüre herein.

»Ja, Bert, wo kommst du denn her?«, will ich wissen.

»Ich bin schon früh aufgewacht, da hab ich einen Morgenspaziergang gemacht. Ich dachte, das ist besser, als ich liege wach neben dir und störe dich womöglich in deinem Schlaf«, gibt er mir zur Antwort.

»Aber du brauchst doch wegen mir nicht schon morgens vor dem Frühstück aus dem Haus!«

Endlich ist er wieder rücksichtsvoll, aber gleich so sehr, dass er mir leid tut.

Da fällt mir die Zeit ein, als ich mal mit den Nerven fix und fertig war. Damals waren die beiden Großen gerade zwei und ein Jahr alt und ich konnte monatelang nachts nicht schlafen. Da hätte ich mich auch am liebsten angezogen und wäre spazieren gegangen, mitten in der Nacht. Aber wir wohnten in einem Block. Wenn ich mich da nach Mitternacht davongemacht hätte, hätte irgendeiner das sicher gemerkt und das wäre mir peinlich gewesen. Jetzt, hier, wo wir für uns wohnen, brauchte ich da keine Hemmungen zu haben. Na ja, er als Mann tut das eben. Und jetzt ist er mit den Nerven runter, das merke ich an allem.

Wenn ein Lieferant nicht pünktlich liefern kann, droht er sofort mit dem Rechtsanwalt. Andere staucht er derart zusammen, dass sie ihm Sonderkonditionen anbieten. Und da dies bei fast allen Auftragnehmern klappt, meint er anscheinend, endlich die richtige Masche gefunden zu haben. Jedermann begegnet ihm mit großem Respekt und alle sputen sich, seine Befehle auszuführen. Es läuft fast wie am Schnürchen, und er ist glücklich, alles so gut im Griff zu haben.

Doch er nimmt rapide ab. Sein Leintuch ist jeden Morgen ganz feucht geschwitzt und öfters spricht er im Schlaf. Aber ich selber kann endlich, seitdem ich die Bauchlage wieder einnehmen kann, tief schlafen. Ganz selten, dass Schmerzen mich aufwecken. So merke ich auch nicht, dass er des Nachts öfters aufsteht und im Wohnzimmer weiterschläft. Morgens erzählt er es dann.

Da ich das selber – sooft ich meine monatlichen Bauchkrämpfe bekam – praktiziert habe, finde ich eigentlich nichts Besonderes dabei. Trotzdem, er muss zum Arzt. Als ich ihm das vorschlage, hat er auch gar nichts dagegen und bereits am nächsten Abend erzählt er mir, dass er heute bei Dr. Altbauer, unserem Hausarzt, reingeschaut hätte.

»Und, was hat er gesagt?«, frage ich.

»Ach, zu dem gehe ich nicht mehr. Über eine Stunde lang hat er mir nur von dir erzählt, schließlich bin ich ja wegen mir gegangen.«
»Von mir erzählt? Ja, was denn?« Gespannt warte ich auf eine Antwort.
»Ach, dass deine Blutungen nervlich bedingt gewesen wären, und was du eben für ein Typ bist.«
»Na, was bin ich denn für ein Typ?«
»Ach, Uschi, lass' mich doch in Ruhe, das weißt du doch selbst am besten.«
Na sowas, das ist ja toll. Da schicke ich meinen Mann zum Arzt und der erzählt ihm anscheinend eine Story über mich. Doch in derselben Nacht weckt Bert mich plötzlich und berichtet mir ganz aufgeregt, er wäre schuld an meiner Operation.
»Bert, was redest du denn jetzt wieder für einen Quatsch, du bist doch nicht schuld an meiner labilen Konstitution.«
Aber er lässt sich nicht beruhigen, fängt immer wieder an, und zum Schluss sagt er: »Doch, doch, Uschi. Dr. Altbauer hat sich in dieser Richtung ausgedrückt. Weil ich dich beschuldige, dass du es mit einem anderen Mann hättest.«
Ich bin sprachlos.
»Aber Bert, du hast dich doch jedes Mal dafür entschuldigt! Außerdem begreife ich nicht, wieso mir dummes Gerede auf die Gebärmutter schlagen soll. Wieso nicht auf den Magen oder sonst wohin? Ausgeschlossen!«
Ich tröste ihn, doch er fängt auch noch an zu weinen.

Mein Gott, was ist bloß los mit ihm, was passiert mit uns? Aber bereits am nächsten Tag erzählt er mir, unser Hausarzt hätte gesagt, er solle sich scheiden lassen, so hätte er das, wenn er jetzt recht überlege, verstanden. Erst dann käme er wieder zur Ruhe, denn mein Wesen würde er nicht vertragen. Über eine Stunde hätte er ihm das klargemacht. Jetzt wird's heiter. Ja, was erlaubt sich der eigentlich?
»Am besten, wir gehen heute Abend mal beide zu ihm«, schlage ich vor, »das will ich auch hören.«
»Nein, Uschi, zu dem gehe ich nicht mehr. Das ist ein schlechter Arzt, wenn er mir als Therapie die Scheidung empfiehlt. Ich gehe zu einem Facharzt, zu einem Nervenarzt, gleich morgen.«
Mit dieser Regelung bin ich dann auch einverstanden. Das wird das Beste sein, denn ein Arzt, der uns auseinandertreiben will, ist doch wirklich das Letzte. Er geht zum Nervenarzt und ich wieder in unser Geschäft, vertrete ihn solange. Ganz begeistert kommt er zurück.
»Uschi, zu dem musst du auch mal, der ist wirklich gut!«, empfiehlt er mir.
»Ich? Was soll denn ich bei ihm?«
»Nur so reden, mit dem kannst du über alles sprechen, der hört einem ganz ruhig zu.«
»Was ich zu bereden habe, muss ich mit dir besprechen, meine Probleme kannst nämlich nur du lösen«, erkläre ich ihm.
Da lacht er, nimmt mich auf den Schoß und freut sich. Gleich darauf kommen ihm aber schwere Bedenken

und er fürchtet sich, dass es ihm mal genauso ergehen könne wie seinem Vater.

»Bert, dein Vater war über siebzig, als er vor fünf Jahren in eine Heilanstalt musste, und zwar weil er eine Verkalkung hatte. Das ist altersbedingt, und außerdem kam er ja nach sechs Wochen gesund wieder zurück!«

Trotzdem habe ich gleich damals mit Dr. Altbauer geredet und meine Befürchtung, dass mir das mit meinem Mann auch mal passieren würde, ausgesprochen.

»Ganz ausgeschlossen, Frau Schray, da brauchen Sie überhaupt keine Bedenken zu haben. Wie kommen Sie eigentlich da drauf?«

»Na ja, manchmal, wenn er getrunken hat, nicht viel, behauptet er seit Jahren immer dasselbe.«

»Ja, was denn?«

»Ach«, und ich gab mir einen Ruck, denn er sah mich so gespannt an, »er beschuldigt mich dann, ich hätte ein Verhältnis mit einem anderen Mann.«

»Tja, dann, sorgen's eben dafür, dass er nicht mehr trinkt ...«

Als ob das so einfach gewesen wäre. Und damit war das Gespräch damals beendet.

»Aber er war immerhin in einem Irrenhaus!«

»Bert, ich verspreche dir, solange du mit mir verheiratet bist, kommst du nie und nimmer in ein Irrenhaus. Höchstens in eine gute Privatklinik, das gibt es nämlich auch.«

»Ja, Uschi, dann ist ja alles gut.«

»Außerdem bekommst du ja jetzt ein Beruhigungsmit-

tel, und ich finde, es bekommt dir doch ganz gut, oder?«
Es ist dasselbe Mittel, das ihm Dr. Altbauer auch verschrieben hat. Dann kann's ja nichts Schlimmes sein.
»Ich hoffe es ja auch, dass weiter nichts ist. Nächste Woche macht der Nervenarzt eine größere Untersuchung mit mir. Ein EEG, da wird er dann feststellen können, ob irgendwas vorliegt. Bis dahin soll ich erst mal den Alkohol weglassen.«
Nein, da habe ich eigentlich keine Bedenken. Bei Opa ist doch auch alles wieder normal geworden. Was ich bei der Sache tun kann, ist, Bert in Urlaub zu schicken. Am selben Abend noch fahre ich zu meiner Schwiegermutter und trage ihr den Fall vor. Sie muss in Gottes Namen nochmals für uns alle kochen, damit ich Bert im Geschäft vertreten und er beruhigt gehen kann.
Doch sie geht nicht darauf ein.
»Oma, nächste Woche ist ein Feiertag, vier Tage nur, und wenn du mir nur die Kinder versorgst.«
»Eine Woche? Das ist doch viel zu kurz, das nützt gar nichts. Und wenn, gehört ihr alle beide weg. Ohne dich geht er ja gar nicht.«
Plötzlich ist sie so für mich, das war sie doch noch nie ...
»Doch, er geht, er hat's mir versprochen!«
»Und jetzt, im November, wo will er denn da hin?«
Die will nicht, sie ist eben doch älter und starrer, als ich dachte. Warum hilft sie mir denn nicht? Warum werde plötzlich ich vorgeschoben?
Ich rufe Dr. Altbauer an. Egal, ein anderer kennt uns ja

nicht und Bert gleich gar nicht, denn er war in den fünfzehn Jahren, die wir verheiratet sind, nur einmal krank. Grippe. Außerdem ist Dr. Altbauer ein guter Kunde von uns, bei denen drückt man immer ein Auge zu. Doch auch er sagt: »Nein, das hat keinen Zweck. Alleine. Er soll mit seiner Familie gehen, sonst kommt er zu sehr ins Grübeln.«

»Herr Doktor, er schläft keine Nacht mehr und nimmt laufend ab, und wir können jetzt das Geschäft nicht schließen!«

»Dann soll er zum Nervenarzt gehen, also …«

Da ist er ja schon, wenn der wüsste. Also auch hier keine Schützenhilfe. Herrgottnochmal, bin ich sauer. Noch volle sechs Wochen bis Weihnachten, und jetzt beginnt erst der Trubel im Geschäft. Wenn das nur solange gut geht. Dann wird eben gleich nach Weihnachten geschlossen und wir fahren alle. Aber da hat er nicht die Ruhe, die er nötig hätte, mit drei Kindern. So gehe ich eben zum Reisebüro, aber ab dem 26. Dezember haben sie nirgends mehr was frei.

»Suchen Sie doch«, herrsche ich die Dame dort an, »das kann doch nicht wahr sein!«

Jetzt, wo der Urlaub für uns lebenswichtig geworden ist, spuren sie nicht. Ich hätte früher kommen sollen, nicht erst in letzter Minute, bekomme ich zur Antwort. Im September. Früher, ja, wenn ich früher gewusst hätte, was mich erwartet. Im September war ich zur Operation, da wusste ich nicht mal, ob ich lebend davonkommen würde. Und jetzt ist mein Mann krank und keiner hilft uns. Jeder macht die Luken dicht. So versuche ich es eben auf eigene Faust, vertelefoniere viel Geld, alles umsonst.

Der Goldpreis steigt und steigt, Bert wird zusehends nervöser. Als ich einmal wie üblich morgens die Wohnung putze, klopft er im unteren Gang an die Tür.

»Öffne, sofort!«, ruft er barsch.

»Warum kommst du denn nicht zur Haustür herein oder klingelst und kommst durch die Garage?«, frage ich erschrocken.

»Ich muss sofort mit dir reden, der Krüger steht jetzt bei 800, und was meinst du, soll ich kaufen oder nicht?«

»Ja, Bert, ich weiß nicht, was ich dazu sagen soll. Ursprünglich hatten wir ja ausgemacht, unser Bargeld zur Sicherheit in Gold anzulegen. Egal, was passiert. Aber sobald der Goldpreis steigt, verkaufst du es ja und die Sicherheit ist fort. Wir haben dann zwar etwas mehr Bargeld, aber wir benötigen es doch nicht. Vorerst jedenfalls. Was willst du, eine Sicherheit für dein Geld oder mit ihm spekulieren und noch mehr verdienen, ich werde nicht mehr schlau aus dir.«

»Ich will beides, Uschi. Nachher, wenn das Gold wieder fällt, kaufe ich es doch wieder!«

»Ja, wenn es fällt. Aber wer weiß das schon. Ich soll dir jetzt voraussagen, was passiert, ob es steigt oder fällt, nicht?«

»Ja, was würdest du machen, kaufen oder nicht kaufen?«

»Ich würde in jedem Falle Gold kaufen, aber als eiserne Reserve, um es unangetastet für Notzeiten aufzuheben, und mich gar nicht drum kümmern, ob es

steigt oder fällt. Steigt es, kann es mir nur recht sein, und fällt es, ist das Gold eben weniger wert geworden. Aber ich behalte es sicher.«
»Gut, dann kaufe ich jetzt wieder Gold.«
»Du brauchst ja nicht alles in Gold anzulegen, die Hälfte reicht ja auch. Dann bringt dir das Bargeld wenigstens Zinsen, im Falle, dass der Goldpreis jetzt stagniert oder wieder fällt«, rate ich noch.
Sofort geht er zur Bank und bereits am Mittagstisch verkündet er: »So, Kinder, euer Vater hat wieder Krügerrand gekauft!«
»Haben wir jetzt wieder Gold?«, fragt Bine.
»Ja, Bine, dein Vater hat wieder für euch gesorgt«, und er reibt sich die Hände. Er wird jetzt so offen, redet vor den Kindern immer über finanzielle Transaktionen.
»Das verstehen sie doch noch nicht, Bert«, mahne ich ihn.
Doch sogleich prangert er mich an. »Kinder, eure Mutter meint, sie müsse mir den Mund verbieten. Ständig meckert sie an mir herum.«
So spielen sich unsere gemeinsamen Mahlzeiten ab. Warum nur gibt er plötzlich vor den Kindern so an? Bekommt er den Größenwahn? Tatsächlich, bald darauf verkündet er: »Wir fliegen in den Weihnachtsferien auf die Bahamas!«
Die beiden Großen jubeln: »Toll, Papa, Klasse!«
Doch mir bleibt der Bissen im Halse stecken.
»Das ist doch viel zu teuer, wegen zehn Tagen fliegt man doch nicht auf die Bahamas, dazu mit drei Kindern«, protestiere ich.

»Doch, wir fliegen in die Karibik! Kinder, euer Vater hat genug Geld, das kann der sich leisten!«
Die Mädchen sind begeistert, die Kindsköpfe.
»Also, ich fliege nicht, und so weit schon gar nicht!«, sage ich.
»Wieso nicht?« Entrüstet schauen mich die Kinder an. Du Spielverderberin, du verdirbst uns immer alles, kann ich aus ihren Gesichtern ablesen. Doch sie halten wenigstens den Mund, sagen es nicht.
»Weil ich nicht fliege, basta. Und ihr seid noch nie geflogen, da wird's euch schön schlecht, ihr vertragt ja nicht mal das Autofahren!«
»Ach, den Kindern wird's da gar nicht schlecht, ich habe ihnen schon lange eine Flugreise versprochen, und mein Versprechen halte ich.«
Ja, dagegen lässt sich nichts mehr sagen. Doch vielleicht ist auch dort nichts mehr zu haben, wenn ab September schon alles ausgebucht ist. Und tatsächlich, er kann keinen Flug mehr bekommen. Gott sei Dank. Sonst hätte ich schon wieder eines auf den Deckel gekriegt.
Als ich wieder einmal mittags ins Geschäft komme, steht er ganz verstört hinter seinem Schreibtisch und beschuldigt mich, Akten gestohlen zu haben.
»Akten? Was für Akten?«
»Hier, meine Verträge sind fort, die Gesellschaftsverträge mit den Kindern!«
»Bert, ich stehl' dir doch keine Verträge, wieso auch?«
Doch er lässt nicht locker, beschimpft mich dazu wüst,

alles wäre meine Schuld, und mein Vater hätte es ja schlau eingefädelt, dass das Geschäft auf meinen Namen liefe.

»Mein Vater?«

»Ja, du und dein Vater, ihr habt mich reingelegt! Frag nur mal einen Anwalt, mir gehört hier gar nichts, alles dir und den Kindern! Das mach' ich nicht mehr länger mit, ich kündige auf den ersten Januar!«

Dabei wirft er mit den Ordnern um sich, in denen er gerade rumgewühlt hat. Nun reicht mit sein Theater aber. Ich hebe meine lederne Schreibtischunterlage hoch und werfe sie mit allem, was darauf liegt, zu ihm hinüber.

»Hier, mach' doch alles alleine, mich siehst du hier nicht mehr wieder!«

Und zum zweiten Mal innerhalb weniger Tage stürze ich zu unserem Geschäft hinaus. Er rennt mir nach, aber ich kümmere mich nicht um ihn, steige in mein Auto und brause davon, dass die Steine fliegen. Was ist nur los mit uns, frage ich mich.

Seitdem ich aus dem Krankenhaus zurück bin, ist alles so anders geworden. Nein, ich gehe nicht mehr in unser Geschäft. So vermiest hat er es mir, so sehr vermiest, und nur noch Undank bekomme ich für meine Arbeit. Dabei weiß ich genau, dass er es ja ohne mich gar nicht schaffen würde. Trotzdem, jetzt wird klar Schiff gemacht. Jetzt oder nie!

Abends, als er nach Hause kommt, will ich in aller Ruhe das alte Thema mit ihm bereden. Ich übertrage ihm das Geschäft, und zur Sicherheit soll er mir dafür das Haus umschreiben. Doch davon will er nichts wissen und der Streit beginnt von vorne.

»Ich will alles, hast du verstanden?«, schreit er zum Schluss.

»Das Haus bleibt auf mich, dass du Bescheid weißt! Ich will alles und ich kriege alles!«

Dabei stampft er auf den Boden, der Schweiß rinnt ihm herunter und am Ende sinkt er ganz verausgabt in einen Sessel. Diesmal tröste ich ihn nicht. Der Teufel persönlich sitzt bei uns im Wohnzimmer und treibt spät abends sein Spielchen mit uns. Ich sehe ihn nur nicht, dafür spüre ich ihn umso deutlicher. Diese Nacht bin ich es, die nicht schläft.

Und wie ich so mitten in meinen Überlegungen bin, wie ich dieses Problem am besten aus der Welt schaffen kann, regt sich Bert, setzt sich auf und sagt zu mir: »Schnarch' doch nicht so laut!«

Was ist denn jetzt wieder los? Mein Mund ist fest geschlossen. Sogar meine Zähne tun mir weh, so stark habe ich aufgebissen. Und er will mir weismachen, ich hätte geschnarcht? Da hört sich doch alles auf. Doch bloß nicht aufregen, am besten so tun, als hätte ich nichts gehört. Doch jetzt, hier, in der Dunkelheit, bin ich fest davon überzeugt, dass er mich fertigmachen will, mit allen Mitteln.

Aber warum? Damit ihm tatsächlich alles gehört? Ist er so gierig geworden, oder am Ende schon immer gewesen, und ich habe es nur nicht bemerkt? Das würde ja bedeuten, dass mein Nachhausekommen ihm gegen den Strich ging. Mir klopft das Herz bis zum Hals. Hat

er damit gerechnet, dass ich liegenbleibe? Kann das denn sein? Das wäre ja ungeheuer!
Ich glaube, ich bin eben dabei, das, was, seitdem ich genesen bin, um mich herumspukt, zu identifizieren. Gleich morgen muss da Vorsorge getroffen werden, unbedingt! Als erstes schreibe ich alle Erbvorauszahlungen meiner Eltern an mich heraus und reiche sie einem Notar weiter. Einen Durchschlag gebe ich meiner Mutter, der ich nachmittags einen Besuch abstatte.
»Wahrscheinlich gibt es eine notarielle Änderung bei uns, Bert will das Geschäft auf sich.«
Meine Mutter ist da gleich dafür.
»Das ist das Beste, auf die paar Mark Steuern kommt es doch nicht an, wenn du dafür deinen Seelenfrieden hast. Außerdem gehört dir sowieso die Hälfte von allem, und dein Erbe führst du gar nicht extra an, sei großzügig.«
Ach, meine Mutter. Nobel hält sie wie immer zur Gegenpartei. Bis jetzt habe ich ihr immer gefolgt. Aber – anscheinend wird nicht nur meine Schwiegermutter alt und starr im Denken, bei meiner eigenen Mutter stelle ich dasselbe fest. Trotzdem, fast überzeugt sie mich mit ihren Argumenten.
Aber als ich nach Hause fahre, spüre ich, dass jetzt ich in der Mitte meines Lebens stehe und nicht mehr meine Mutter. Eigentlich müsste sie jetzt tun, was ich sage, das wäre das Richtige. Und auf einmal weiß ich, dass ich die Stärkere jetzt bin und es auf mich – und nicht auf meine Mutter – ankommt. Und somit kann ihr Rat nicht richtig sein. Gar nichts werde ich

umschreiben und auf mein bereits erhaltenes Erbe ebenfalls nicht verzichten. Aus irgendeinem Grunde ist Vorsicht geboten, die Zeiten der Zugeständnisse sind anscheinend vorbei.

Von Schonung kann keine Rede sein. Ich versorge meinen Haushalt wieder ganz alleine. Mittags renne ich wohl oder übel in unser Geschäft, denn so kurz vor Jahresende kann ich die Buchführung nicht auf EDV umstellen. Die zwei Monate muss ich – ob ich will oder nicht – noch von Hand buchen. Außerdem ist viel Formularkram liegen geblieben und schließlich ist die Bilanz fürs vorige Jahr noch nicht mal angefangen. Das habe ich auch immer alles bis aufs Letzte abgestimmt. Wenigstens die Forderungen und Verbindlichkeiten muss ich selber noch machen, sonst stimmt's im nächsten Jahr nicht. Und Weihnachten steht vor der Tür, noch keine Geschenke, nicht mal Ideen habe ich. Es ist mir jeglicher Sinn dafür abhandengekommen. Jetzt geht es um Wichtigeres. Wenn meine Kinder mich für Weihnachten was fragen, sage ich: »Lasst mich nur damit in Ruhe, das hat noch Zeit!«

Ganz verständnislos schauen sie mich an, wo ich doch sonst diejenige war, die mit Weihnachten alle verrückt gemacht hat. Außerdem wird unsere Älteste im Frühjahr konfirmiert. Anscheinend ein großes Ereignis, denn alle Welt will wissen, wie und wo wir das Fest feiern. Im Moment habe ich ganz andere Sorgen, aber komischerweise merkt das niemand. Alle bewundern meine Gelassenheit und können sie manchmal auch nicht verstehen.

»Vielleicht trifft mich bis dahin der Schlag, wer weiß!«, antworte ich und werde vollends für ganz unmöglich gehalten.

Bert fliegt nach Düsseldorf und verkauft dort unsere Wohnung. Ich bleibe den ganzen Tag im Geschäft und mache noch den langen Besichtigungsabend bis 22 Uhr. Es ist der 14. November, meiner Mutter Geburtstag. Damit ich nicht so alleine bin, bringt sie nachmittags Kaffee und Kuchen. Im Geschäft ist gerade nicht viel los, und so halten wir Kaffeeplausch. Später, als gegen Abend mehrere Kunden kommen, fährt sie nach Hause. Als wieder Ruhe eingekehrt ist, so nach 21 Uhr, und sich nur noch wenige Besucher in der Halle aufhalten, kommt mein Bruder. Und so kurz vor 22 Uhr, ich will gerade schließen, Bert.

Der Flug von Düsseldorf nach Stuttgart wäre einfach phantastisch gewesen, jetzt mache er öfters mal einen Nachtflug. Das mit der Wohnung hätte geklappt, und ob ich was verkauft hätte. Stolz lege ich ihm das Auftragsbuch vor, und – o Wunder – jetzt, vor meinem Bruder, lobt er mich sogar. Doch am nächsten Morgen, als ich meine Büroarbeit wieder aufgenommen habe, verschlägt es mir aufs Neue die Sprache.

»Also, dass du Bescheid weißt, das Geld von dem Wohnungsverkauf gehört mir und kommt nicht ins Geschäft.«

»Ich denke, du willst damit die Schulden auf dem Baugrundstück tilgen, es war doch so abgemacht?«

»Nein, ich habe es mir anders überlegt. Die Schulden werden auf das laufende Girokonto gemacht und den

Erlös der Wohnung lege ich fest an. Nächsten Sommer, wenn wir bauen, werde ich das Geld sofort ins Geschäft nehmen. Als meine Einlage. Aber vorerst sind das Privatgelder, nämlich meine. Und noch was, ich war beim Steuerberater und will jetzt eine GmbH gründen. Vielleicht bist du endlich einverstanden!«

»Aber wozu denn, du hast doch selbst gesagt, so, wie wir es bis jetzt hätten, wäre alles zum Besten!«

»Das stimmt nicht mehr. Ich war vorgestern, als ich den Grundschuldbrief für Düsseldorf holte, beim Notar und er sagte mir ins Gesicht, dass wir untragbare Zustände hätten. Ich bin in keiner Weise abgesichert, und das wird noch dieses Jahr anders.«

»Wieso bist du nicht abgesichert?«

»Angenommen, dir wäre bei deiner Operation was passiert, hätten die Kinder geerbt. Sogar ein Vormund wäre für sie eingesetzt worden, und übers Jugendamt hätte ich dann verhandeln können, was ich hier zu regeln habe.«

Also doch, das darf nicht wahr sein, er hat mit meinem Ableben spekuliert. Aber wieso? Ach, fuhr er deshalb immer mit meinem Wagen davon, wenn er zur Post oder Bank musste, seine Autoschlüssel natürlich in der Tasche? Damit er sein Verhältnis pflegen konnte? Irgendeines muss es sein – obwohl ich das nie von ihm geglaubt hätte.

»Wir können jederzeit zu einem Anwalt oder zu einem Notar. Jeder wird dir dasselbe sagen, dass ich hier der letzte Hampelmann bin. Ich schufte von morgens bis abends, und wofür? Nur für euch, nur für euch!«

Ich habe dieses Theater endgültig satt und nehme mir fest vor, hier keinen Strich mehr zu machen. Aber so, wie es im Moment aussieht, lauter Unerledigtes, kann ich es niemandem übergeben. Ich muss zusehen, dass ich rasch mit allem aufs Laufende komme, dann mache ich dem Theater ein Ende.

Und um das so schnell als möglich zu verwirklichen, bleibt mir nichts Anderes übrig, als die Ohren steif zu machen und ohne mich aus dem Konzept bringen zu lassen, meine Büroarbeit aufzuarbeiten. Bisher habe ich alles immer gerne gemacht, aber nun ist es mir endgültig zuwider.

»Überleg' es dir doch mal in Ruhe, Uschi, ich will dich ja nicht drängen. Aber versprich mir, dass du einen Gesellschaftsvertrag mit mir machst, komm, versprich es mir«, und er hält mir seine Hand zum Einschlagen hin. Ich bin Gott sei Dank so irritiert, dass ich gar nichts mache.

»Bert, ich muss heute unbedingt die Mahnungen fertigkriegen, bitte, lass' mich jetzt in Ruhe. Wenn der Steuerberater kommt, ist noch genug Zeit, um das zu bereden.«

Doch in Gedanken bin ich nur halb bei meiner Arbeit. Zum ersten Mal in meinem Leben bin ich – glaube ich – deprimiert. Nun ja, wenn er sich scheiden lassen will, bekomme ich von allem die Hälfte, und mein Erbe als Vorabzahlung natürlich dazu. Dann ist alles kaputt, das übersteht unser Geschäft nicht. Aber ist das tatsächlich seine Absicht? Bestimmt gefalle ich ihm nicht mehr. Ist ja auch kein Wunder, so, wie ich aussehe.

Dabei ging es, als ich nach Hause kam, so aufwärts mit mir. Alle, die mich kannten, waren erstaunt, wie gut ich wieder aussähe, und wie schnell ich mich erholt hätte. Ich selber fand auch, dass zwischen der Gymnastiklehrerin im Krankenhaus damals und mir gar kein Vergleich war. Und jetzt, wie ein gerupftes Hühnchen sehe ich wieder aus. Unmöglich. Und was ich anziehe, passt nicht mehr, alles zu weit. Ich wiege weniger als nach meiner Entlassung.
Wozu eigentlich noch länger sparen? Gleich morgen werde ich mir mal anständige Garderobe zulegen. Und zum Friseur gehen, egal, wie er meine wenigen Haare schneidet, besser als jetzt wird es vielleicht noch werden. Ich muss ja sowieso nach Recklingen zur Nachuntersuchung, da kann ich alles gleich besorgen.
Die Nachuntersuchung fällt wieder mal nicht zur Zufriedenheit aus. In zwei Wochen soll ich wiederkommen, bis dahin wird die Schonzeit verlängert. Als ich Bert davon berichte, macht er ein ganz verbittertes Gesicht.
»Noch nicht gut, bei dir dauert es aber ewig!«
Schon wieder ein Vorwurf, obwohl ihn das kaum mehr was angehen dürfte. Trotzdem bringt er mir in letzter Zeit häufig Blumen mit nach Hause.
Seine Untersuchung beim Nervenarzt fiel negativ aus, sodass von dieser Seite also nichts zu befürchten ist. Aber angeblich will dieser noch mich sprechen. Beim nächsten Termin soll ich mitkommen. Doch als es dann soweit ist, nimmt Bert ein Bild von mir mit, sagt

zu mir, meine Anwesenheit wäre nicht mehr nötig, es sei ja alles gut bei ihm.

Ich bin gespannt, was sein Nervenarzt wohl von meinem Konterfei hält. Vielleicht ein ganz Moderner, der wissen will, welchen Typ Bert sich ausgesucht hat, und ob wir ethisch zusammenpassen? Aber so kriminalistisch ist er anscheinend doch nicht veranlagt, denn er will mich persönlich sehen. Das Bild nütze ihm gar nichts. Auch noch diesen Termin, nichts wie Termine, ich komme mir vor wie bei einer Hetzjagd.

Bert ist ruhiger geworden. Er schläft jetzt viel. Gleich nach dem Mittagessen legt er sich hin und verfällt in einen Tiefschlaf. Abends, wenn er fernsehen will, sitzt er ein paar Minuten später ebenfalls mit geschlossenen Augen in seinem Sessel. Zum Schlafengehen muss ich ihn dann wecken. Wenn ich tagsüber so viel schlafen würde, könnte ich bei Nacht wahrscheinlich auch nicht gut schlafen.

Einen Hund will er jetzt kaufen. Einen Schäferhund, einen scharfen. Auch das noch, wo er doch genau weiß, dass ich vor Hunden Angst habe, und hauptsächlich vor Schäferhunden. Doch er hat Gründe. Nachts höre er Schritte ums Haus. Oft steht er auf, geht auf Einbrecherjagd. Sein Gewehr, das – seit wir hier wohnen – unberührt neben seinem Bett steht, wird entsichert und mitgenommen. Oft steht er stundenlang damit an einer Ecke im Garten und kommt erst morgens wieder ins Haus. Bei Tag macht er in der leerstehenden Halle auf dem Nachbargrundstück vom Geschäft Schießübungen. Ganze Löcher schlagen die Patronen in die

Wand. Anscheinend hat er ein neues Spielzeug gefunden, denn sooft ich jetzt ins Geschäft komme, nutzt er die Gelegenheit und verschwindet in die alte Halle hinüber.

»Nachher saust dir nochmals ein Querschläger um die Ohren, dann brauche ich nichts mehr umzuschreiben«, sage ich sarkastisch zu ihm. Doch er lacht nur, blitzt mich an und sagt: »Solche Sorgen machst du dir um mich?«

»Natürlich, wo du doch von morgens bis abends nur für uns arbeitest. Solch einen Ernährer muss man gut behüten und pflegen!«

Da küsst er mich, sagt: »Oh, Uschi, mich wirst du so schnell nicht los, und dich habe ich auch nochmal behalten!«

Wie meint er das jetzt wieder? Hat er sich vielleicht ein Verhältnis zugelegt, nur um mich zu schonen, vorerst? Ich kannte da mal einen Österreicher. Der behauptete allen Ernstes: Eine Freundin legt man sich doch nur zu, um seine Frau zu schonen! Und seine Frau sah sehr gut aus, seine Freundin kannte ich allerdings nicht. Menschenmöglich wäre alles. Meinetwegen, mach' ich das eben auch noch mit. Da werde ich nicht die Erste und auch nicht die Letzte sein, der sowas ins Haus steht. Das reinste Märtyrertum, so eine Ehe.

Irgendwann, ganz unbemerkt, ist uns der Karren aus der Hand geraten. Hat sich selbstständig gemacht und ist mit uns davongefahren. Rein in den Dreck. Da hängt er nun. Das erkenne ich ganz klar. Doch raus muss er auch wieder, und zwar auf dem schnellsten

Wege. Bloß wie? Eines steht jedenfalls fest, von alleine kommt er nicht wieder heraus. Das ist jetzt meine Bewährungsprobe.

Ausgerechnet jetzt, wo ich noch gar nicht so auf Zack bin. Aber so ist das immer im Leben. Ist erst mal ein Tiefpunkt da, kommen gleich mehrere dazu. Das ist ja gerade die Kunst, mit allem – nicht mit einem, das wäre einfach – fertig zu werden. Und ich werde fertig damit, das wäre ja gelacht. Sooft ich in die Stadt fahre, flitsche ich schnell im Geschäft vorbei, bringe ihm ein paar Brezeln, Schokolade oder Obst. Einmal habe ich ihm sogar Kutteln gekocht. Mit Weißwein und Sahne abgelöscht. Die Soße schmeckte prima. Gleich, als sie fertig waren, brachte ich sie ihm. Die isst er nämlich besonders gerne. Dummerweise habe ich mich immer gesträubt, ihm welche zu kochen. Nun geht's auf einmal. Doch er hätte überhaupt keinen Appetit. Ich bedränge ihn zu probieren und ganz unlustig stochert er darin herum.

»Sind sie nicht prima?«, frage ich. Doch er antwortet: »Komm, iss du sie.«

»Ich? Du weißt doch, dass ich Kutteln nicht mag, ich habe sie extra für dich gekocht.«

»Wenn du keine isst, esse ich auch keine!«

Na sowas, wieder vertane Liebesmühe.

Aber die neue Frisur und das Kostüm tun anscheinend Wunder, er ist wieder netter geworden. Viel netter sogar. Er pflegt jetzt sein Verhältnis auch nicht mehr, jedenfalls fährt er höchst selten, und wenn, nur für kurze Zeit, weg. Endlich habe ich Lust und Liebe, mich für Weihnachtsgeschenke zu interessieren. Diesmal sollen unsere Kinder von uns auch toll beschenkt werden. Sonst sorgten dafür immer meine Eltern, mein Bruder und die Paten, sodass für uns nur noch kleine Wünsche zum Erfüllen übrigblieben. Aber diesmal soll es allem zum Trotz das schönste Fest werden, das wir je erlebt haben. Und dazu gehören Geschenke, und zwar so viele, dass wir am heiligen Abend bis zu den Knien im Papier waten. Ich kaufe ein wie noch nie. Außerdem eine gute Gelegenheit, denn zur Konfirmation fehlt noch einiges. Sei es zum Anziehen, für den Geschirrschrank oder hübsche Dekorationsstücke für die Wohnung.

Auch dieses Fest möchte ich ganz zu Hause feiern. Mit gutem Essen, schönem Silber und Porzellan – wozu habe ich es denn – endlich soll alles gebührend benutzt werden. Dazu birgt unser Keller die besten Weine, Zeit, dass er mal geleert wird. Aber erst kommt Weihnachten, das Fest der Familie. Es muss das Fest werden, das alles wieder ins Lot bringt. Damit wirklich alle Hindernisse dafür ausgeräumt sind, will auch ich meinen Teil dazu beitragen und geschäftlich soll von meiner Seite aus alles geregelt sein. Wenn mir auch bei dem Gedanken, dass ich ab nächstem Jahr in unserem Geschäft nichts mehr zu suchen habe, etwas mulmig im Magen wird. Aber daran werde ich mich eben gewöhnen müssen. Andere Frauen lassen ihren Mann auch ganz alleine wursteln und es geht gut.

Auf alle Fälle werde ich auf den Rat eines Anwalts hören und danach handeln. Auf den ersten Advent erstehe ich den teuersten Kranz, den ich finden kann. Als ich ihn in der Wohnhalle aufhänge, denke ich aber, wie doch der Schein jetzt trügt. Der teure Kranz soll die miese Stimmung hier im Hause vertreiben, die in den Ecken lauert. Ob er es kann? Früher hatten wir immer denselben kleinen Strohkranz, der heuer auf der Bühne bleiben musste, und immer ging es lustig zu bei uns. Und jetzt hängt dieser Prachtkranz da und keiner lacht mehr so richtig. Nicht mal die Kinder. Irgendwas Böses lauert auf uns.

Bert spürt es anscheinend auch. Denn als uns die Kinder ihre Weihnachtswünsche vortragen und Bine sich freudestrahlend einen Schulranzen wünscht, fängt er an zu weinen und sagt: »Ach, meine kleine Bine, wer weiß, was bis nächstes Jahr, wenn du in die Schule kommst, passiert.«

Eine Sprühdose gegen Familienvergiftung müsste es geben, ich würde heute noch das ganze Haus damit aussprühen. Denn noch bin ich nicht auf der richtigen Fährte, bin noch am Suchen, was der Grund für die schreckliche Atmosphäre bei uns ist. Nun, morgen werde ich den Anwalt aufsuchen. Ich bin wirklich gespannt, was sein Freund mir rät. Lange habe ich überlegt, wen ich wohl mit unseren Verhältnissen betrauen soll. Doch wenn der Rechtsanwalt Bock jetzt sein engster Freund geworden ist, wird er auch – vorläufig noch – meiner sein. Und da er wohl am besten Bescheid über unsere Vermögenslage weiß, werde ich ihn ebenfalls aufsuchen.

Gerade gestern erzählte mir Bert, dass er mit Bock über

die bestmöglichste Kapitalanlage gesprochen habe. Dieser hätte ihm vorgeschlagen, bei ihm unser Bargeld auf einem mündelsicheren Konto anzulegen, und zwar zu einem höheren Zinssatz, als die Bank ihn zur Zeit biete. Da Bert gerade mit dem Bankdirektor im Clinch liegt, hat er bereits heute die Hälfte aus unserem Schließfach seinem Freund zur Anlage übergeben.
»Aber Bock macht es nur, wenn du auch einverstanden bist«, sagte Bert noch. Nun, was kann ich darauf schon sagen, doch bloß ja, denn anders würde ich ihn ja zum Pantoffelhelden abstempeln. Sooft Bert jetzt in die Stadt fährt, schaut er bei seinem Freund und Anwalt vorbei. Einen Stammtisch für »Honoratioren« wollen sie miteinander gründen. Und einmal in der Woche gehen sie gemeinsam zum Nachtessen in den Grafen Urbach.
Herr Bock ist sofort bereit, mich zu empfangen. Gleich nachdem Bert mittags ins Geschäft gefahren ist, erfülle ich seinen Wunsch und lasse mich von einem Anwalt – seinem Anwalt – beraten. Ich kenne ihn nur vom Sehen. Er war zwar schon ein paar Mal in unserem Geschäft, aber das ist schon lange her und damals hat er keinen großen Eindruck auf mich gemacht. Er ist mindestens zehn Jahre jünger als ich und schaut einen nie geradewegs an. So, als hätte er Komplexe. Bert sagte damals, er würde trinken, seinen Führerschein hätte man ihm deshalb abgenommen. Aber man soll sich ja kein Urteil erlauben, bevor man jemanden nicht näher kennt. Heute werde ich ihn besser kennenlernen.

Seine Praxis ist seiner Wohnung angegliedert. Nicht sehr komfortabel, sondern eher etwas altmodisch. Zum Zeichen, dass er Anwalt ist, hängt sein Talar auf einem Bügel an der Wand. Ein supertoller Talar, der irgendwie gar nicht in das kleine Zimmerchen hier passt. Offenbar ein kleiner Angeber, der Herr Bock. Als er hinter seinem Schreibtisch Platz genommen hat, zündet er sich erstmal eine dicke Zigarre an. Hinter dem Qualm versteckt, fragt er nach dem Grund meines Kommens.

»Mein Mann und ich hatten bis jetzt – seit vierzehn Jahren – eine Ehegemeinschaft und nebenher ein Geschäft. Jetzt will mein Mann eine Geschäftsgemeinschaft mit mir. Wie Sie wissen, wurde das Geschäft von Anfang an auf meinen Namen geschrieben, da mein Mann weder den kaufmännischen Abschluss noch den Meisterbrief hat. Unser damaliger Steuerberater hat das so angeordnet, und bis jetzt ging das alles gut. Für meinen Mann wurde ein Gehalt abgesetzt, dadurch sparten wir erheblich Gewerbesteuer ein, außerdem hat er Vollprokura, kann machen, was er will. Ich mache lediglich die Buchführung und eben das Schriftliche. Aber das alles passt ihm jetzt nicht mehr. Um seinen Komplex, ihm gehöre nichts, auszuräumen, habe ich alles Weitere, was wir bis jetzt erworben haben, auf ihn alleine eintragen lassen. Das Haus, das Grundstück, welches wir demnächst bebauen wollen, die große Wiese nebenan, die Wohnung in Düsseldorf, die er jetzt verkauft hat, also insgesamt weit mehr, als unser Geschäft wert ist. Aber ich weiß nicht, er will, dass wir jetzt eine GmbH gründen, obwohl er mir erst im Krankenhaus sagte, so wie wir es hätten, wäre es die beste Lösung. Doch ich bin gegen eine GmbH. Lieber übertrage ich ihm dann voll das Geschäft. Wir haben ja den gesetzlichen Güterstand, also Zugewinngemeinschaft, da ist es doch egal, wenn er alles hat. Im Falle einer Scheidung gehört mir doch sowieso die Hälfte von allem, oder?«

Er schaut mich nur an, sagt gar nichts. So rede ich eben weiter: »Aber in letzter Zeit vermiest er mir alles. Nichts kann ich ihm mehr recht machen. Deshalb will ich mich ganz vom Geschäft zurückziehen und er soll in Gottes Namen alles alleine machen. Aber ich weiß nicht, ob es einen Sinn hat, das Ganze jetzt umzuschreiben, wo es doch im nächsten Jahr sowieso zusammenkommt, wenn wir das Nachbargrundstück bebaut haben. Die ganzen Kosten des Umschreibens könnte man sparen. Was meinen Sie? Was soll ich machen?«

Er überlegt lange, dann sagt er: »Sie unterschreiben gar nichts.«

»Ja, und dann, dann hört das Theater ja nie auf.«

Aha, der weiß mehr als ich, also doch eine andere Frau. Vielleicht hat Bert mit ihm schon über eine eventuelle Scheidung gesprochen. Über irgendwas müssen sie ja reden, wenn sie sich tagtäglich sehen. Sofort will ich das jetzt wissen.

»Vielleicht will er sich scheiden lassen, ich weiß nicht, dann bin ich hier allerdings beim falschen Anwalt.«

Doch er antwortet: »Nein, das glaube ich nicht ...«

»Aber der macht mich fix und fertig. Stellen Sie sich vor, sämtlichen Bekannten erzählt er, ich hätte ein Verhältnis mit einem anderen Mann! Erst neulich hat meine beste Freundin zu mir gesagt, ich wäre ein Luder und hätte sie zehn Jahre lang hinters Licht geführt, sie hätte ja keine Ahnung gehabt. Sowas darf ich mir bieten lassen.«
Dann fange ich doch tatsächlich an zu weinen, die Stimme versagt mir und ich sitze da, wie ein Häufchen Elend.
»Ist da tatsächlich nichts, das Sie sich vorwerfen können?«, fragt er ... der auch noch, und schon wieder muss ich mich rechtfertigen, vor seinem Freund, dem Anwalt.
»Aber nein, ganz bestimmt nicht, wo denken Sie denn hin. Ich weiß gar nicht, wie ich das anstellen sollte, mit drei Kindern, und ständig bin ich ja bei ihm im Geschäft, also ...«
Ich stehe auf, raffe meine Handtasche an mich, so ein Fiasko hier, der kann mich mal ...
»Entschuldigen Sie, dass ich zu Ihnen kam, aber mir fiel kein anderer Anwalt ein. Das nächste Mal suche ich mir einen andern, ich glaube, ich muss zur Gegenpartei.«
»Nein, nein, Frau Schray«, beteuert er, »das war schon recht, dass Sie zu mir kamen, denken Sie eben ... der Mann ist ... krank.«
»Krank?« Da nickt er nur. Ich reiche ihm die Hand, und etwas aus der Fassung gebracht verlasse ich seine Kanzlei, torkle wie benommen das enge Stiegenhaus

hinunter. Krank? geht es mir dauernd im Kopf herum, was hat er denn damit gemeint? Klar, er ist mit den Nerven runter, aber krank? Er steht doch jeden Tag auf, macht seine Arbeit, der Nervenarzt konnte nichts feststellen, ich glaube, sein Freund Bock ist selber krank, sonst könnte er sowas nicht sagen.
Gut, also nichts umschreiben. Wenigstens war er neutral, obwohl ich ja erwartet habe, dass er mir anders rät. Was Bert wohl dazu sagen wird, wenn ich ihm sage, dass sein Freund mir geraten hat, nichts umzuschreiben? Am besten, ich sage ihm das gar nicht, sonst regt er sich wieder auf. Erst mal Gras drüber wachsen lassen, bis nächstes Jahr, bis gebaut ist. Bis dahin wird sich alles geklärt haben.
Es ist kurz nach 15 Uhr. Die Kinder zu Hause sind versorgt und ich könnte mit meiner Bilanz anfangen. So fahre ich ins Büro. Normalerweise beginne ich dort meine Arbeit schon früher, um 14 Uhr.
»Wo kommst du her?«, empfängt mich Bert in scharfem Ton. Schon wieder miese Stimmung hier. Mit den besten Absichten komme ich hierher, aber warte, jetzt mache ich mal miese Stimmung:
»Vom Anwalt!«
»Was? Du warst beim Anwalt?«
»Natürlich, ich brauche jemanden, der meine Rechte vertritt. Schließlich war es doch dein Wunsch, dass mir ein Anwalt die Augen öffnet. Das hat er jetzt getan.«
Das sitzt.
»Bei wem warst du? Antworte!«, schreit er.
Ich setze mich an meinen Schreibtisch, fange an, meine

Bilanzunterlagen zu ordnen und zucke nur mit den Schultern.
»Ich will sofort wissen, wo du warst!«, schreit er wieder.
»Das geht dich nichts an«, antworte ich mit gleichgültiger Stimme. Da verliert er die Beherrschung, reißt sich die Jacke vom Leib, wirft sie vor Wut auf den Boden und dann keucht er: »Mein Herz, mein Herz, ich bekomme einen Herzinfarkt!« Und lässt sich in einen Sessel fallen. Ich tue, als ob ich mich auf meine Arbeit konzentriere und ihn gar nicht beachte. Als er das merkt, lässt er plötzlich Arme und Beine ganz schlaff herabfallen, so, als wäre er gestorben. Mir wird es ganz unheimlich. Sowas hat er noch nie gemacht. Aber sein Gesicht ist gar nicht blass, im Gegenteil. Rasch blicke ich in den Metallboden von meinem Locher, er sieht besser aus als ich. »Ich muss zum Arzt, ich muss zum Arzt«, keucht er, nimmt seine Jacke, zieht den Mantel an – schnell nehme ich meine Autoschlüssel vom Schreibtisch – und kurz darauf braust er mit seinem Auto davon.
Soll er nur zu einem Arzt, am besten zum Nervenarzt, dass er ihn in diesem Zustand mal sieht. Gott sei Dank, richtig froh bin ich, dass er gegangen ist. Ich muss mich zusammennehmen, damit ich was arbeiten kann. Bei diesem Theater, das er ständig macht, ist das eine richtige Kunst, keinen Buchungsfehler zu machen. Sonst sitze ich nachher da und kann tagelang den Fehler suchen. Das lohnt sich dann.
Kunden kommen, aber ich habe jetzt keinen Sinn für

ihre Einrichtungsprobleme. Sollen sie sich ihr Zeug selber aussuchen. Ich verschwinde wieder ins Büro. Dort klingelt ständig das Telefon. Bei jedem Anruf hoffe ich, dass es ein Arzt ist, der mir sagt, dass er meinen Mann soeben in ein Krankenhaus bringen ließ. Doch jedes Mal werde ich enttäuscht.
Da fällt mir eine Fernsehsendung ein, eine Scheidung wurde durchgespielt. Unsere Älteste und ich sahen uns die Sendung an. Ein Mann, Mitte 50, wollte sich scheiden lassen, und sooft er dazu einen Versuch machte, drohte ihm seine Frau mit Selbstmord. Schließlich hielt er es zu Hause nicht mehr aus und zog zu seiner Freundin. Gespannt verfolgten wir den Film. Dazwischen sprach immer wieder ein Psychologe, kommentierte das Verhalten der Eheleute. Ein Satz fällt mir ein, er sagte, die Frau hätte gleich nach dem ersten Selbstmordversuch in eine gute Privatklinik gehört, wo man auf sie eingegangen wäre, dass sie das Vertrauen zu sich und damit auch zu ihrem Mann wiedergewonnen hätte. Dann wäre der Mann auch nie auf die Idee gekommen, sich eine Freundin zu suchen, und die Ehe wäre zu retten gewesen.
Auch dass sie bei allen Leuten immer rumgerannt sei und ihren Mann anprangerte, sei in Wirklichkeit ein seelischer SOS-Ruf gewesen, den keiner der Mitwirkenden richtig gedeutet hätte, nämlich: Helft mir doch, helft mir doch!
Und noch ein Satz fällt mir ein, nämlich, als die Ehe geschieden wurde, was ich anfangs nicht geglaubt hätte, und das zu meiner Tochter sagte, erwiderte

diese: »Natürlich wird da die Ehe geschieden, das hält doch kein Mensch aus. Das ist wie bei uns, nur, dass es bei uns der Vater ist.«

Damals war ich darüber sehr entrüstet, jetzt gebe ich ihr Recht. Und so ist es bei uns. Bert erzählt allen Leuten solche unmöglichen Geschichten von mir, was nichts Anderes heißt als: Hilfe, Hilfe!

Jetzt verstehe ich ihn. Er muss weg, in eine Privatklinik, und zwar sofort. Hoffentlich erkennt das der Arzt. Wenn nicht, bringe ich ihn eben weg. Leisten können wir es uns Gott sei Dank!

Kurz vor 19 Uhr betritt er das Geschäft, wankt ins Büro. Wie sieht er denn aus? Total verweint, um Jahre gealtert.

»Uschi, oh Uschi, du warst beim Bock, das vergesse ich dir nie, Gott sei Dank! Ich dachte schon, jetzt ist alles kaputt! Wenn du zu einem andern gegangen wärst, wäre es mit uns aus gewesen. Ich danke dir, ich danke dir«, und er fällt dabei auf die Knie, bittet mich wieder flehentlich um Verzeihung.

»Bert, komm, steh' auf! Warum gingst du denn nicht zum Arzt?«

»Unterwegs habe ich mir das anders überlegt, ich bin zu meinem Freund Bock gegangen. Da hab ich erst mal Kaffee bekommen und mich richtig ausgeheult. Erst als es mir besserging, ließ er mich wieder gehen. Uschi, ich war beim Bock. Oh, Uschi, was der mir alles gesagt hat, ich seh' jetzt alles ein. Mein Gott, Uschi, so hat mir noch niemand den Kopf zurechtgesetzt, wie der. Eine prima Frau hätte ich, ein großes Vermögen, ein gut

gehendes Geschäft, was ich überhaupt noch wollte. Oh Uschi, ich glaube, ich bin verrückt!«
Da fängt er wieder an zu weinen und für nachher hat er auch noch den Architekten bestellt. Was soll das, dem kann ich jetzt nicht mehr abtelefonieren, der ist schon unterwegs.
»Bert, beruhige dich, du musst in eine gute Privatklinik, dann wird alles wieder gut, glaub' mir!«
Ich tröste ihn, jetzt, da ich weiß, dass er krank ist, mein armer Bert. Ganz dankbar lässt er alles geschehen, ich streichle ihn, bringe ein nasses Handtuch für sein Gesicht und warte, bis er sich wieder einigermaßen gefangen hat. »Morgen gehe ich gleich zum Nervenarzt, der wird mir schon helfen!«
Ja, das ist das Beste, der kennt sich in diesen Dingen aus und weiß, wo er hin muss. Ich habe keine Ahnung, wo solche Privathäuser sind. Gleich darauf kommt der Architekt, legt uns die Baupläne vor. Sie sind umwerfend.
Wie könnte ich mich jetzt freuen, wenn ich einen normalen Mann hätte, so einen, wie den Architekten hier. Sobald ein anderer Mann in meinen näheren Umkreis tritt, merke ich den Unterschied zwischen einem depressiven und einem normalen Naturell. Die Luft, die ihn in einem Umkreis von ca. 2 Metern umgibt, ist anders, freier. Und sofort passt sich mein Umkreis diesem an, verbündet sich. Mit solch einem Partner zur Seite wäre das Arbeiten eine Lust.
Die Pläne gefallen mir gut, aber ich kann mich trotzdem nicht dafür begeistern. Meine Freude ist gebro-

chen. Irgendwie spürt das der Architekt und er bemüht sich noch mehr, mir mit allem gerecht zu werden. Aber es liegt doch nicht an ihm. Er tut mir leid, dass er so gearbeitet hat, sich so bemühte, umsonst. Ich kann doch nicht zu ihm sagen, die Pläne sind fehlerlos, der Fehler liegt bei meinem Mann, der jetzt eben drin herumkritisiert, unsinnigerweise. Und ein allerletztes Mal gewinnt Bert die Oberhand, zieht mich wieder in seinen Bannkreis, und gemeinsam erklären wir dem Architekten, was alles geändert werden muss.

Wenn nur einer meinen Mann so einfach ändern könnte, wie dieser Architekt hier die Pläne, dann wäre das Leben einfach, wenigstens für mich. Aber so ... langsam aber sicher merke ich, wie etwas in mir stirbt, kaputtgeht, unwiederbringlich. Heute, wie ich auf die Pläne starre, spüre ich es zum ersten Mal deutlich.

Der Kampf hat begonnen, nur wird es mir noch nicht bewusst. Als Bert vom Nervenarzt nach Hause kommt, richtet er mir von diesem einen schönen Gruß aus, und wenn mein Mann in eine Privatklinik käme, würde nicht ich, seine Frau, das bestimmen, sondern er, der Arzt. Boing.

Dazu bestünde überhaupt kein Anlass, er wäre ja jetzt in Behandlung und im Übrigen zeige er beste Fortschritte. So.

Jetzt habe ich nicht nur meinen Mann, sondern auch den Nervenarzt gegen mich. Allem Anschein nach. Ich lasse mir sofort einen Termin bei ihm geben, es wird Zeit, dass ich ihn kennenlerne. Inzwischen beginnt

Bert mit der Obstessigkur, zu der ich ihm geraten habe. Ich bin sicher, er hat, wie sein Vater, eine Verkalkung. Er erzählt jetzt viel von früher, Dinge – die er, wie er sagt – längst vergessen hatte, fallen ihm wieder ein. Haargenau. Ob der Obstessig bereits wirkt? Eine Woche später sitze ich im Wartezimmer von dem Nervenarzt in Monningen.

Ja, was soll ich ihm noch erzählen, wenn er mich gleich so abkanzelt? Ich weiß es nicht, ich weiß überhaupt nichts mehr. Alle finden Bert ganz in Ordnung, und am Ende bin ich an allem immer die Schuldige. So langsam bin ich das leid. Erwartet er, dass ich über meinen Mann schimpfe? Da hat er sich aber getäuscht. Schließlich hat er ja Psychologie studiert, und nicht ich. Wieso braucht er dann überhaupt meine Hilfe? Von mir bekommt er sie nicht!

Als ich hereingerufen werde, sitzt eine schmächtige Männergestalt mit Spitzbart und Halbglatze ganz zusammengekauert hinter einem Edelholzschreibtisch. Typisch Nervenarzt. Der hier könnte in jedem Hitchcock-Film mitspielen, so wie der aussieht!

Ganz ruhig, wie ein Roboter, beginnt er zu sprechen. Ich bin doch kein Patient von ihm, wieso macht er keinen Unterschied? Gleich soll er es merken. Etwas aufgeregt und weit hergeholt erzähle ich ihm ... von mir. Entspannt lehnt er sich zurück, hört mir zu. Dann meint er, ob mich das nicht stören würde, wenn ich mich auf einer Gesellschaft gut unterhalte, und mein Mann würde etwas teilnahmslos dabeisitzen, Hauptsache, er hätte sein Bier.

»Aber wir gehen sehr selten aus, und in Gesellschaft so gut wie gar nicht.«
»Sie müssen doch ausgehen, Sie haben doch ein Geschäft.«
»Ja, so einmal im halben Jahr besuchen wir einen Kollegen und umgekehrt. Da wird dann nur über Möbel gesprochen, und sonst spielt sich alles in Familie ab, meist bei meinen Eltern.«
»War Ihr Mann früher schon mal eifersüchtig?«, will er dann wissen.
»Ja.«
»Ich meine, als Sie noch nicht verheiratet waren?«
»Ja, einmal hat er mir eine Szene gemacht. Ich war damals Chefsekretärin und ein Meister lud die ganze Firma zu seiner Hochzeit ein. Ich wollte nicht ohne meinen Verlobten gehen und nahm ihn mit, obwohl selbst die verheirateten Büroangestellten alleine kamen. Ein Werkstattarbeiter, ein älterer Mann, der mir morgens immer das Waschbecken putzte und – da er die Lebensmittelausgabe auch unter sich hatte – mir auf ein Klingelzeichen eine Tafel Schokolade ins Büro brachte, bat sich dafür bei Gelegenheit mal einen Tanz mit mir aus. Es wurden sogar Wetten abgeschlossen, dass ich nicht mit ihm tanzen würde. Doch bei Damenwahl forderte ich ihn einfach auf. Am nächsten Morgen dann, es war Sonntag, kam mein Verlobter und machte mir eine schreckliche Szene, obwohl er am Abend vorher kein Wort darüber verlor. Damals war ich drauf und dran, den Ring abzuziehen und ihm vor die Füße zu werfen, so wütend war ich. Wenn mich

später, als wir verheiratet waren, jemand auffordern wollte, ist Bert schnell aufgestanden und hat mit mir getanzt. Das merkten seine Freunde schnell und keiner oder höchst selten hat einer von ihnen mit mir getanzt. Ich habe auch keinen Wert drauf gelegt. Wenn man ständig nur mit dem eigenen Mann tanzt, wird es einem fast peinlich, mit jemand Fremdem zu tanzen. Mir jedenfalls geht es so.«

»Wie verkraften Sie denn das Wesen ihres Mannes?«

»Ach ja, wissen Sie, ich denke mir, alles Gute ist nie beisammen. Und er hat halt seinen Eifersuchtswahn. Selbst im Krankenhaus hat er mich angerufen und wollte wissen, welcher Mann bei mir gewesen wäre. Hinterher tut es ihm immer schrecklich leid, und er weiß nicht, wie es wiedergutmachen. Außerdem haben wir drei Kinder, eine Scheidung käme bei uns überhaupt nicht in Frage. Aber er hat schon wieder abgenommen, in kurzer Zeit jetzt 15 Kilo.«

»Ja, er hat ja weitere Termine, dann werden wir sehen, was da herauskommt.«

»Hoffentlich bin ich dann nicht die Schuldige ... wie immer«, sage ich noch.

»Nein, bitte, sehen Sie das nicht auch noch durch die falsche Brille! Soviel kann ich Ihnen sagen, Ihr Mann hat eine furchtbare Angst, er könnte seine Partnerin verlieren.«

Damit bin ich entlassen und glaube, dass alles auf dem Wege der Besserung ist und meine Angst tatsächlich übertrieben war. Doch in derselben Nacht werde ich eines Besseren belehrt. Ich merke, dass Bert sich in

seinem Bett hin- und herwälzt und schlaftrunken streichle ich ihm über den Kopf, will ihn beruhigen. Da knipst er das Licht an, greift sich an den Hinterkopf und fragt, mit was ich ihn eben gestochen hätte. Ich bin sofort hellwach. Jetzt wird's gefährlich.
»Gestochen? Ich habe dich doch nicht gestochen, ich wollte dich doch nur beruhigen, weil du so schlecht geschlafen hast.«
Er schaut mich an, als wolle er mich jeden Moment fressen, dann schreit er: »Wo hast du es versteckt, warte, das finde ich!«
Er reißt mir die Bettdecke weg und fährt suchend mit seinen Händen in meinem Bett herum.
»Wo hast du's, mach mir ja nichts vor, ich warne dich!«
Da stehe ich auf, ziehe mein Kopfkissen weg, sodass er das leere Bett sieht, dann beruhigt er sich, macht wieder das Licht aus und schläft weiter. Mit pochendem Herzen liege ich da und lausche auf jeden Atemzug von ihm. Ob ich aufstehe, ins Wohnzimmer gehe? Instinktiv spüre ich, das könnte neue Gefahr bedeuten. Also bleibe ich hier in meinem Bett neben ihm liegen, warte angstvoll auf den Morgen.
Wie umgewandelt ist er, als er aufwacht. Habe ich nun geträumt, oder war der Spuk wirklich wahr? Sicher habe ich alles nur geträumt. Aber nein, er hat in meinem Bett nach einem Messer gesucht. Und gestern war ich bei seinem Nervenarzt, hab' ihn in Schutz genommen.
Ich muss warten, bis Bert seinen nächsten Termin hat, sonst denkt der, ich wäre verrückt. Bert kann so über-

zeugend reden und am Ende glaubt der Arzt noch, ich hätte ihn tatsächlich verletzen wollen. Hoffentlich bessert es sich jetzt wieder für eine Woche, damit es über Weihnachten hält!

Gleich nachdem Bert im Geschäft ist, ruft er mich an. Er hätte auf Samstag-Abend im Grafen Urbach einen Tisch bestellt. Es würde Zeit, dass wir zusammen meine Genesung feiern würden. Er will mich in meinem neuen Kleid ausführen, das ich mir neulich zusammen mit dem Kostüm gekauft habe, und würde sich sehr darauf freuen. Nach langer Zeit gehen wir wieder gemeinsam aus, er in einem eleganten Anzug, ich in dem neuen, sehr teuren Modellkleid.

Er sucht einen Wein für mich aus, bittet mich, welchen zu trinken. Er selbst bestellt für sich Tafelwasser, und seitdem er den Alkohol meidet, habe ich selbst auch keinen getrunken. Doch heute besteht er darauf. Gut, ich lasse mich überreden. Das Essen ist hervorragend, und das kleine Gläschen Wein reicht mir nicht, ich brauche noch ein Glas zum Nachschwenken. Er ist sehr stark, der Wein, meine Füße werden schwer wie Blei. Trotzdem frage ich ihn, ob wir nicht eine Runde tanzen können, zum Schluss? Sogleich erhebt er sich, und wir kommen gerade recht, um uns zu den letzten Takten eines Walzers zu drehen, dann macht die Kapelle Pause.

»Bert, lass' uns jetzt gehen. Ich bin so müde, dann kann ich zu Hause meine Beine hochlegen«, bitte ich ihn. Er ist einverstanden und es ist knapp zehn Uhr vorbei, als wir wieder heimkommen. Ich gehe schon mal ins Bad, mache mich für die Nacht fertig und lege mich dann auf die Couch, um noch ein wenig fernzusehen. Doch kaum liege ich, und kaum läuft der Film, werden meine Augen müde, so müde, und ich verfolge den Krimi mehr mit den Ohren als mit den Augen. Bert wird wütend, weil ich anscheinend eingeschlafen bin. Er schaltet den Film ab.

Na ja, dann gehen wir eben schlafen. Wir sind beide sehr müde, denn es war heute der letzte verkaufsoffene Samstag vor Weihnachten. Ich versinke sofort in einen Tiefschlaf, aus dem ich erst am anderen Morgen gegen zehn Uhr wieder erwache. Mein Gott, schon so spät? So spät bin ich ja noch nie aufgewacht! Schnell stehe ich auf, denn Bert ist schon aus dem Bett. Aber wo ist er? Die Kinder wissen es auch nicht, sie sind ebenfalls noch in ihren Betten. Vielleicht ist er wieder spazieren gegangen? Da wird er ja bald kommen, und rasch bereite ich das Frühstück. Doch er lässt auf sich warten. Es wird elf, es wird zwölf, ich werde immer unruhiger.

»Bis um eins warten wir mit dem Essen, wenn er bis dahin nicht kommt, muss ich ihn suchen«, sage ich zu den Kindern. Inzwischen rufe ich bei Bekannten an, frage, ob er dort ist. Aber nirgends ist er. Ob er irgendwo versumpft ist, beim Frühschoppen, wie früher mal? Aber er trinkt doch nichts mehr. Kaum sind die Kinder mit dem Essen fertig, beginne ich mit meinem Wagen die Suchfahrt. Zuerst fahre ich in das Lokal im Wald, wo er immer hingeht. Aber da ist kein Mensch.

Vielleicht im Grafen Urbach? Auch da sehe ich nicht seinen Wagen, und zu Fuß kann er so weit nicht gegangen sein. Im Geschäft und in seiner Halle ist er ebenfalls nicht. Wo noch suchen? Ich will eben meinen Wagen wieder wenden, da fällt mir ein, ich könnte den anderen Weg nach Hause nehmen, dann habe ich so ziemlich ganz Urbach abgefahren. Der Weg führt dicht an seinem Elternhaus vorbei und siehe da, hier steht sein Wagen. Etwas Kaltes greift nach meinem Herzen, wieso sagen sie mir nicht Bescheid, dass er hier ist? Wo wir zu Hause warten? Gerade, wie ich das Haus betreten will, kommt sein Bruder, der im Parterre wohnt, heraus, stellt sich unter die Haustüre und fragt mich, wo ich hinwill.

»Zu Bert, er ist doch hier!«

Da sagt mein Schwager zu mir: »Du irrst dich, du kommst nicht ins Haus, wir verbieten dir, es zu betreten.«

Im selben Moment kommt meine Schwiegermutter die Treppe herunter, schreit: »Was hast du getan, du Luder, warte nur, warte nur!«, und droht mir auch noch mit der Faust.

»Ihr würdet mich am liebsten umbringen, wenn ihr könntet«, sage ich, und meine Schwiegermutter fängt von neuem mit ihren Beschimpfungen an.

Doch da wird sie von meiner Schwägerin, die jetzt ebenfalls unter die Tür getreten ist, zurückgerufen mit: »Oma, komm her, geh' weg da!«

Wer hier weg geht, bin ich, und zwar sofort. Die spinnen ja alle. Die wollen mich tatsächlich umbringen, alle zusammen. Vielleicht gelingt es ihnen, ich glaube nämlich, gleich auf der Stelle tot umfallen zu müssen, so pocht mir mein Herz. Meine Kinder, meine armen Kinder.

Schnell fahre ich nach Hause und sage ihnen: »Vati ist bei Oma, aber sie haben mich nicht reingelassen, sondern mir das Haus verboten. Ich weiß nicht, was ich ihm getan haben soll, aber sie haben mir gedroht. Oma kam bitterböse die Treppen herunter und schimpfte mich an, wie eine Verbrecherin. Das lasse ich mir nicht mehr bieten. Ich will sofort von Vati wissen, was ich ihm getan habe.«

Schnell wähle ich die Nummer, Oma meldet sich, und ich verlange meinen Mann zu sprechen. Der wolle mich nicht sprechen, der wolle seine Ruhe vor mir. Und dann beginnt sie mit ihrer Schimpfkanonade von vorne.

»Du hundsgemeines Luder, so durchtrieben, wie du bist, so durchtrieben wie du, nur Gastarbeiter ist er bei dir, pfui Teufel ...«

»Was hab' ich denn getan?«, frage ich immer wieder, doch zum Schluss sagt sie nur: »Das soll er dir selber sagen, heute Abend, wenn er wiederkommt.«

So, und dann soll ich wieder so tun, als ob nichts gewesen wäre, womöglich noch mit ihm ins Bett! Mit mir nicht, da täuscht sie sich aber gewaltig! Und morgen ist Heiliger Abend.

»Kinder, packt euer Zeug zusammen, auch eure Päckchen für morgen, wir fahren nach Monningen zu Oma und Opa. In Urbach bleiben wir nicht!«

Ich hole einen Waschkorb, packe alles Nötige zusammen, auch meine Geschenke für die Kinder und meine Eltern. Dann rufe ich bei ihnen an, erzähle in kurzen Worten, was vorgefallen ist, und dass wir gleich losfahren, zu ihnen. Die Kinder beeilen sich wie noch nie und bald verlassen wir das Haus.

»Bevor ich nicht eine schriftliche Entschuldigung von Oma habe, komme ich nicht wieder zurück«, sage ich zu den Kindern, und das ist auch mein voller Ernst.

In Monningen habe ich alle Hände voll zu tun. Meine Mutter und ich beziehen die Betten für die Kinder, wärmen sie auf, ich ordne alles ein und dann richten wir das Abendbrot. Meine Eltern sind sehr aufgeregt. Es tut mir leid, aber diesmal, und wenn ich die Weihnachtsstimmung zerstöre, nehme ich keine Rücksicht auf sie, sondern suche Zuflucht bei ihnen. Sie sind wie vor den Kopf gestoßen. Mein Vater zittert an Leib und Seele, meine Mutter kümmert sich sehr um die Kinder, als ob sie selber Zuflucht bei ihnen suchte.

Es ist 21 Uhr vorbei, Bine schläft bereits in ihrem Bettchen, die Großen lesen noch und ich denke an Bert, was er wohl jetzt macht. Ich habe ihn heute noch gar nicht gesehen.

»Soll ich denn noch nach Urbach fahren, bloß schauen, was er macht?«, frage ich meine Mutter.

»Ja, Ursel, und nimm gleich dein Nachtzeug mit, vielleicht bleibst du dort.«

»Nein, nein, auf gar keinen Fall.«

»Vielleicht versöhnt ihr euch wieder?«

Versöhnen, da gibt es nichts zum Versöhnen, sie hat

keine Ahnung. Nach einem Streit versöhnt man sich, aber wir hatten keinen Streit, deshalb geht es hier auch nicht um eine Versöhnung. Das wäre einfach. O Gott, was habe ich bloß getan, wenn ich das wüsste. Mit Vollgas fahre ich nach Urbach, betrete als Gast unser Haus.

Bert öffnet, nimmt mir den Mantel ab, bittet mich, Platz zu nehmen. Er sagt nicht: Gott sei Dank, kommst du, oder warum seid ihr weg. Er sitzt im Sessel und faltet die Hände. Ich habe das Gefühl, er schaut mich gar nicht an, obwohl er mich anschaut. Und riechen tut er, wie nach einer Leiche. Kaum habe ich mich gesetzt, klingelt es. Ich öffne. Bekannte kommen, Bert hat sie anscheinend hergebeten.

»Ja, dann kann ich ja wieder gehen«, sage ich.

Doch Mona bittet mich, zu bleiben.

»Uschi, komm, setz dich, bitte.«

Das ist ein gefundenes Fressen für Mona, als Schiedsrichter in einer Eheangelegenheit zu fungieren. Widerstrebend setze ich mich. Sie kann auch nicht mehr helfen, sie wird schon sehen. Beide reden mit Bert und er spricht sie per Sie an. Das stört sie aber nicht. Er wollte eben nur seine Ruhe, hier in diesem Haus hätte er keine, und da wäre er eben mal wieder nach langer Zeit zu seinen Eltern gegangen.

»Die mir, als ich ihn suchte, das Haus verboten und mich beschimpften!«, werfe ich ein. Das können sie nicht verstehen.

»Uschi, du darfst jetzt Bert und seine Eltern nicht in einen Topf werfen, das sind ganz primitive Leute, das

wissen wir alle. Mach' eine Ausnahme! Mach' um Gottes Willen eine Ausnahme!«
»Bert, was habe ich dir denn getan?«, frage ich immer wieder, doch er antwortet nur: »Das weißt du genau.« Es wird spät, wir reden im Kreis und er erzählt von dem schönen Spaziergang, den er am Spätnachmittag mit seinem Freund Bock und Frau noch gemacht hätte. Nochmals frage ich ihn: »Bert, was habe ich dir denn getan, wieso bist du fort?« Da sagt er, und zwar laut und deutlich: »Du hast mich mit einer Nadel gestochen.«
Und jetzt hat er wieder den Ausdruck im Gesicht. Da flüstert Mona neben mir: »Mein Gott, du, der ist krank, der muss fort.«
Sodann überreden sie ihn, dass er gleich nach Weihnachten zu einer Kur soll. Bereitwillig stimmt er zu. Ich finde mich fehl am Platze, bin müde, will ins Bett, und da anscheinend niemand daran denkt, nach Hause zu gehen und auch keiner mich bittet, hier zu bleiben, stehe ich auf, verabschiede mich und fahre wieder nach Monningen zu meinen Kindern.
Meine Mutter hat schon geschlafen, und im Nachthemd kommt sie noch mal ins Esszimmer und wir reden, wie das weitergehen soll. »Morgen rufe ich seinen Nervenarzt an, er muss sofort weg, Habers haben es auch gesagt.«
Dann weine ich bitterlich, bei der Vorstellung, dass Bert in eine Klapsmühle muss. Meine Mutter weint auch. Es ist längst der Heilige Abend angebrochen, als wir ins Bett gehen. Den Christbaum, der schon fertig in

der Diele aufgestellt ist, könnte ich glatt anzünden, so ist's mir nach Weihnachten.

Als ich am Heiligen Abend um 7 Uhr in der Früh mit dem Nervenarzt in Recklingen telefoniere, ordnet dieser an, gleich nachher gemeinsam mit meinem Mann zu unserem Hausarzt, Dr. Altbauer in Urbach zu gehen, ihm den Fall vorzutragen, denn – wenn er jetzt so krank geworden wäre, müsse man ihn einweisen.

»Aber es kommt nur eine Privatklinik in Frage, ich habe es meinem Mann versprochen, dass – solange er mit mir verheiratet ist, er in keine Heilanstalt und auch nicht in eine Nervenklinik kommt – egal, was es kostet«, flehe ich ihn an. Ja, beruhigt er mich, Dr. Altbauer wisse dann schon wohin.

Doch als ich gleich darauf mit diesem telefoniere, tut er, als ob er nicht wüsste, welche Frau Schray am Telefon ist, und er hätte auch keine Zeit heute früh, wenn irgendwas wäre, sollte doch mein Mann in seine Praxis kommen ... Na, der ist aber komisch zu mir, so abweisend. Hat Bert also doch recht gehabt mit der Scheidung? Sofort rufe ich den Nervenarzt nochmals an und sage ihm, wie das Telefonat verlaufen ist und dass Dr. Altbauer sehr abweisend zu mir gewesen wäre. Auch hätte dieser meinem Mann empfohlen, sich scheiden zu lassen. Daraufhin erklärt sich der Nervenarzt bereit, selber mit Dr. Altbauer zu reden.

Kurze Zeit später ruft er mich zurück. »Ich habe jetzt mit Dr. Altbauer geredet, er weiß jetzt, um wen es sich handelt und ich habe mit ihm vereinbart, dass Ihr Mann heute zu ihm in die Praxis bestellt wird. Herr Dr.

Altbauer nimmt ihn dann in Augenschein und wird schon richtig handeln. Ich überlasse alles Weitere dann ihm, denn ab heute bin ich in Urlaub und habe erst am 7. 1. wieder meine Praxis geöffnet.«
»Nein, Herr Doktor, das möchte ich auf keinen Fall, dass mein Mann in die Praxis von Dr. Altbauer bestellt wird, alleine, das geht schief. Bitte, gehen Sie mit, helfen Sie mir doch!«, flehe ich ihn an. Aber er ist nicht geneigt, den Weihnachtsmann zu spielen und wiederholt nur, dass er ab heute schon in Urlaub sei, und es so schon richtig wäre. Damit ist der Fall für ihn erledigt.
Daraufhin rufe ich bei seinem Freund Rechtsanwalt Bock an, will dessen Rat als Anwalt gegenüber dem Verhalten des Nervenarztes. Doch seine Frau meldet sich, tut so, als kenne sie mich und meinen Mann nicht, da sage ich zu ihr: »Sie sind doch gestern Nachmittag mit meinem Mann spazieren gegangen, er hat es mir doch gesagt.«
Darauf antwortet sie: »Das weiß ich nicht.«
Das weiß die nicht, wenn das so ist, ist ein Komplott gegen mich im Gange, und zwar ein ganz gewaltiges. Dr. Altbauer tut so, als kenne er mich nicht, der nun auch, ich muss sofort nach Urbach, muss wissen, was da los ist. Als alte Privatpatientin klingle ich an der Hintertür von Dr. Altbauer und werde auch in das Extrawartezimmer geführt. Über eine Stunde warte ich dort, dann kommt Dr. Altbauer herein, sagt: »Ihr Mann war eben hier, er ist sehr ruhig und ich kann ihn nicht in die Psychiatrie einweisen.«

»Ja, aber, wie geht das weiter? Heute ist Heiliger Abend, die Kinder wollen ihren Vater, normal.«
»Tja, man muss gut auf ihn aufpassen, wer das tut, seine Mutter oder seine Brüder oder Sie, das ist egal. Ich hab' bei denen angerufen, das Gewehr muss aus dem Haus. Auf Wiedersehen.«
»Jetzt braucht mein Mann einmal in seinem Leben einen Arzt, und zu zweien ist er gegangen und keiner hilft ihm! Außerdem ...«
Aber er geht einfach aus dem Wartezimmer und ich kann ihn nicht mehr fragen, wieso er denn dauernd zu meinem Mann sagt, er solle sich scheiden lassen. Ich fahre in unser Haus, aber Bert ist nicht da. So fahre ich eben wieder zu meinen Eltern und den Kindern. Dort hat Bert inzwischen angerufen und gesagt, er käme so gegen 17 Uhr zur Bescherung. Inzwischen telefoniere ich in halb Deutschland in sämtlichen Privatsanatorien herum, doch überall sind die Patienten auf Weihnachten entlassen, die Stationen geschlossen, und woanders nehmen sie nur auf ärztliche Einweisung auf.
Es ist fast 15 Uhr, als ich aufgebe. Noch ein letzter Versuch. Ich fahre zu meinem alten Hausarzt, der mich von Kind auf kennt und der heute in Monningen Dienst hat. Ich sitze ganz alleine im Wartezimmer, er ist auf Krankenbesuch. Es dämmert bereits, keine Autos fahren mehr auf der Straße und die Kirchenglocken läuten zur Christvesper, als er endlich kommt. Ich berichte ihm in Kurzfassung den Fall, er sagt: »Sie haben doch Kinder, soviel ich weiß mehrere, und ein

Geschäft. Ich bin bereit zu helfen, das gibt eine Telefoniererei, bis ich ein Bett für ihn finde, aber kommen Sie mit ihm hierher.« Gott sei Dank, es findet sich doch noch ein hilfsbereiter Christ, heute, am Heiligen Abend.

Doch wie ich zu Hause die Diele betrete, haben alle verweinte Gesichter. Die Kinder, meine Mutter und ... mein Vater. Bert hat schon wieder angerufen, aufs Übelste meinen Vater beschimpft, gesagt, er käme nicht nach Monningen, man solle seine Kinder bringen, aber mich könne mein Vater behalten, und gebrauchte fürchterliche Ausdrücke. Meine Kinder haben sich darauf bei ihrem Großvater für ihren Vater entschuldigt. Trotzdem beschließen wir, nach dem eilig verzehrten Nachtessen wieder nach Urbach zurückzukehren, heute, am Heiligen Abend. Die Kinder packen ihre erhaltenen Geschenke ein und total erledigt fahren wir nach Urbach. Ich kann kaum meinen linken Arm bewegen, er ist plötzlich geschwollen und tut an dieser Stelle sehr weh. Zu Hause steht der Christbaum mit brennenden Kerzen in der Wohnhalle, aber niemand ist da.

Wir bauen die Geschenke für Bert darunter auf und warten. Dann kommt er. »Ach, ihr seid ja da!«, begrüßt er freudig die Kinder. Mich auch, aber etwas zurückhaltender.

Hoffentlich kommt bald seine Stiefschwester, die Patin meiner Kinder, zu uns. Sonst kam sie immer am Heiligen Abend, und diesmal muss sie kommen. Ja, sie kommt, Gottlob! Wir verteilen die Geschenke, Bine hat ihrem Papi und mir aus dem Kindergarten viel gebastelt, doch er legt die Päckchen alle rasch zur Seite. Dann beschenkt er mich.

Ab sofort spiele ich in einem Theaterstück die Hauptrolle und packe freudig meine Geschenke aus. Eine Staffelei, ich will sie gleich aufstellen, bekomme sie aber nicht auseinander. Da hilft Bert, stellt sie auf, erklärt mir, wie man sie wieder zusammenbaut und ich muss es nachmachen.

Seine Schwester bestaunt die Geschenke, die die Kinder auspacken, dann holt Bert das große Geschenk für sie, das wir fast vergessen hätten, nämlich den Fernseher. Dann überreiche ich ihm seine Geschenke von mir, und er packt sie tatsächlich aus, legt sie dann aber ebenfalls rasch zur Seite.

Mir bringt er immer noch mehr Päckchen. Wunderschöne Nachthemden, sehr teure, einen Aquarellmalkasten mit sämtlichen Mischungen und viele echte Rotmarderpinsel. Bei den Farben liegt ein Kärtchen, darauf hat er »in Liebe, Dein Bert« geschrieben.

»Damit du siehst, dass ich auf deine Malerei nicht eifersüchtig bin«, sagt er und küsst mich. Dann will ich mich zu ihm auf die Sessellehne setzen, damit ich auch sehen kann, was die Kinder ihm alles zeigen, da sagt er plötzlich: »Geh' weg von mir«, und fuchtelt mit der Hand. Ich stehe auf und setze mich wieder für mich.

Später, seine Schwester ist gegangen, die Kinder sind im Bett, sagt er zu mir: »Uschi, scheiden lassen will ich mich nicht, aber ab sofort getrennte Schlafzimmer. Mein Anwalt hat mir das geraten.«

Ich kann mich nicht beherrschen und fange an zu lachen. »Ach, Bert, von mir wäre das ja verständlich, aber ausgerechnet du, wo du dich doch immer beklagst, dass du zu wenig Liebe bekämst?«
Doch er besteht darauf und ich mache natürlich keine Einwände. Sogleich holt er unsere älteste Tochter aus ihrem Bett, die gar nicht weiß, was los ist.
»Du schläfst ab heute in meinem Bett, bei Mutti!«, herrscht er sie an.
»Wieso?«, will sie wissen. »Ich will aber in meinem Zimmer bleiben, das ist mein Bett!«, wehrt sie sich. Ich gebe ihr Zeichen, dass sie den Mund halten und parieren soll. Und gleich kapiert sie.
Dann geht er nach oben, schließt sich ein, wir aber getrauen uns das nicht, lassen die Schlafzimmertüre wie immer geöffnet. Nur nicht daran denken, dass heute Heiliger Abend war, sonst heul ich meiner Tochter noch was vor. Ich muss jetzt stark sein, darf meine Angst und meine Stimmung nicht auf meine Kinder übertragen, muss weiter Theater spielen, bis ich selber glaube, dass alles gar nicht so schlimm ist.
Früh um sieben poltert er schon die Treppe herunter. Sofort stehe ich auf. Er ist schon fertig angezogen, herrscht mich an: »Zieh die Rollläden rauf, es ist ja so dunkel hier!« Während ich sie hochkurble, zieht er seinen Mantel an und sagt: »Ich gehe zum Frühstück!«
»Du kannst doch hier frühstücken!«
»Nein, ich gehe zu meiner Mutter.«
Dann reißt er sämtliche Schlüssel, die auf dem Bord liegen, an sich und verlässt ganz aufgeregt das Haus.

Schnell ziehe ich mich an, doch er hat wieder meine Autoschlüssel mit, so renne ich kurz nach sieben am Weihnachtsmorgen durch die Stadt hinunter zu seinem Elternhaus.

Jetzt werden sie wissen, dass er krank ist, wenn er ihnen gesagt hat, ich hätte ihn nachts mit einer Nadel gestochen. Alle zusammen müssen wir was unternehmen, sie müssen mir helfen. Ich denke nur noch an meinen Mann. Meine Schwiegermutter ist mir egal, die war schon immer hässlich zu mir, soll sie es auch bleiben, wenn sie mir nur jetzt wenigstens die Stange hält.

Völlig außer Atem komme ich bei ihnen an. Ich läute unten, meine Schwägerin erscheint, und ich sage: »Schnell, lass mich rein, Bert ist krank!«

Sie öffnet mir, und ich bitte sie, ihren Mann zu wecken, Bert wäre oben, ich wolle mit seinen Geschwistern was bereden, er solle Berts Schwester herholen, rasch. Bert steht noch im Mantel oben und als er mich sieht, ist er ganz überrascht.

»Ja, bist du extra hierhergekommen, wegen mir?«, will er wissen und es sieht so aus, als würde er sich darüber freuen. Seine Mutter ist ganz sprachlos, dass er bei ihr Kaffee trinken will, und da sie eben erst aufgestanden ist, muss sie erst welchen machen. Wir warten solange im Wohnzimmer. Bert auf seinen Kaffee, ich auf seine Geschwister. Als der Kaffee fertig ist, kommt der Älteste. Was er soll, wieso die Schwester herholen, was hier eigentlich gespielt wird.

Erst als meine Schwiegermutter sich meiner Meinung anschließt, es wäre gut, wenn alle beisammen wären,

damit es hinterher keine Missverständnisse gäbe, erklärt er sich bereit, meine Schwägerin zu holen. Bald darauf erscheinen beide. Jetzt ist auch der jüngste Bruder, der noch im Elternhause lebt, aufgestanden und alle sitzen vollzählig um den Wohnzimmertisch.
»Wir müssen Bert zu Dr. Bruss nach Monningen bringen, und zwar sofort. Jetzt gleich, alle miteinander«, sage ich. Doch sie sehen sich an, wollen wissen, warum denn nach Monningen?
»Bert muss in eine Klinik, und dieser Arzt ist heute dienstbereit und hat erklärt, ihm zu helfen. Kein Mensch erfährt was, wenn wir jetzt zusammenhalten. Und in zwei Wochen, wenn wir das Geschäft wieder öffnen, ist er vielleicht schon wieder da!«
Doch anstatt gehandelt wird geredet. Der Jüngste hat das Patentrezept. Bert hätte die Midlifecrisis und sonst gar nichts.
Der Ältere meint, mir die Schuld an allem geben zu müssen und Oma meldet sich auch wieder zu Wort. Ja, Dr. Altbauer, unser Hausarzt, hätte gestern bei ihr angerufen und gesagt, sie solle ihren Sohn gut hüten. Vor mir.
Und im Nu bin ich wieder die Schuldige und alle meinen, wenn Bert sich scheiden ließe, ginge es ihm wieder besser. Nur seine Schwester ist anderer Ansicht. Bert sitzt mitten unter uns und raucht eine dicke Zigarre.
Dann meinen sie wieder, wir hätten zu viel Geld und uns ginge es zu gut. Wir wären zu schnell aufgestiegen und jetzt könnten wir den Erfolg nicht verkraften.

Da fällt es mir wie Schuppen von den Augen, ich sehe alle nochmals der Reihe nach an, wie sie dasitzen, in der abgewetzten Stube. Ihre Herzen sind voller Neid und ihre Augen voll Schadenfreude.
Endlich geht es denen mal dreckig. Wir rühren keinen Finger, ihr habt immer beides gehabt, Glück und Geld, jetzt müsst ihr dafür bezahlen.'
Es ist nicht zu fassen, seine eigenen Brüder, seine eigene Mutter! Nur die Stiefschwester hält zu mir. Aber was können wir zwei Frauen schon gegen Bert ausrichten? Ihn packen, ins Auto zerren?
Da sagt Bert: »Komm, Uschi, wir gehen nach Hause.«
Angeekelt erhebe ich mich. Auf einmal weiß ich, dass nicht Geld, sondern der Neid die Welt regiert. Der bloße Neid. Der macht vor nichts halt, nicht mal vor dem eigenen Bruder. Pfui Teufel noch mal, heute habe ich sie vollends kennengelernt. So nehme ich eben mein Kreuz wieder auf mich und fahre mit Bert nach Hause. Komme, was da kommen mag.
Zu Hause angekommen, weicht unsere Jüngste ihrem Papi nicht von der Seite. Instinktiv spürt sie die Gefahr, will ihn für uns alle halten, indem sie ihm all ihre neuen Spielsachen herbringt, um ihn mit allem möglichen in ihren Bann zu ziehen. Für kurze Zeit gelingt es ihr auch. Ach, meine Bine, könnte ich ihr nur die Enttäuschung ersparen, da sie sich so bemüht, wie sonst niemand!
Mittags nach dem Essen schläft Bert bis zum Abend und die Kinder sind solange alle in ihr Zimmer gegangen, haben gemalt. Nicht mal ihren Fernseher haben

sie angemacht, vor lauter Angst, das Geräusch könnte Papi aufwecken und ihm die nötige Ruhe nehmen.
Als er erwacht, ist es ihm ganz peinlich, dass wir alle so rücksichtsvoll gewesen sind. Dann gehen wir spazieren. Er wählt einen Waldweg, und ich hänge mich bei ihm ein. Sonst ging ich gerne mit ihm im dunklen Wald, aber heute ist es mir unheimlich. Selbst die Kinder spüren es, sie sind ganz still.
Meine Gedanken wandern wie auf Watte. Nur nichts berühren, nichts Falsches sagen. Fast wortlos gehen wir nebeneinander her. Sonst hatten wir Weihnachten das Haus voller Besuch. Meine Eltern, mein Bruder mit Familie kamen, doch keiner getraut sich zu kommen, auch nicht zu telefonieren. Alles ist so anders geworden Jeder von uns bemüht sich, die neue Situation so gut wie möglich als normal hinzustellen. Ob es gelingt? Ich kann es nicht sagen.
Auch am zweiten Feiertag macht niemand eine Bemerkung über einen zu machenden Besuch. Ich hole aus der Kühltruhe die Lebensmittel, koche ein ganz normales Gericht, wie am Tag zuvor, denn wir wissen sowieso nicht, auf was wir rumkauen.
Abends findet in Urbach ein Konzert statt, bei dem die Kinder mitspielen. Ich bleibe zu Hause bei Bert. Er will Musik hören, wie sein Freund Bock. Es läuft schon mindestens zum vierten Mal dieselbe Platte und er singt jedes Mal dazu mit. Ich traue mich nicht, sie abzustellen. Endlich schlägt die Uhr zehn und die Kinder kommen zurück. Erleichtert atme ich auf.
Morgen will Bert in ein Krankenhaus zum Röntgen

gehen, er ist der festen Überzeugung, dass er Magenkrebs hat. Gestern und heute hat er das Mittagessen erbrochen, aber ich glaube nur, weil er es zu schnell gegessen hat. Doch das sage ich ihm nicht, er wird schon selber sehen, dass er nichts hat. Vielleicht ist das die Rettung.

Bevor er ins Bett geht, hält er mir meine Autoschlüssel hin und beschuldigt mich, seinen Kofferraumschlüssel nachmachen lassen zu haben.

»Aber Bert, wieso sollte ich ...«

Doch er lässt mich nicht zu Wort kommen, schreit: »Hier, das ist der Beweis!«, und hält mir meinen Schlüsselbund hin, an welchem er selber vor einigen Tagen seinen Zweitschlüssel anbrachte.

»Was sollte ich denn an deinem Kofferraum?«

»Aufbrechen, mein Geld stehlen, ich kenne dich jetzt!«, schreit er und geht dabei nach oben. Ich bin mal wieder ganz aus der Fassung. So gut war es heute, und jetzt, bevor er ins Bett geht, regt er mich wieder so auf. Schon fängt mein Arm wieder an zu schmerzen. Er ist noch immer stark geschwollen. Er wird erst wieder abschwellen, wenn das Theater hier zu Ende ist, da kann mir kein Arzt helfen. Ich kann nur hoffen, dass ich bereits den dritten Akt spiele und bald der Vorhang fällt.

Mitten in der Nacht beginnt oben bei Bert ein furchtbares Gepolter. Meine Tochter und ich sind sogleich hellwach. Dann dreht er den Schlüssel herum und kommt herunter. Wir hören ihn in der Küche hantieren. Er füllt Wasser ein und geht wieder nach oben.

»Er hat sich was zum Trinken geholt«, sagt die Große.
»Ich muss sehen, ob seine Tabletten noch da sind.«
Dann stehe ich auf und schaue nach. Ja, die Packung ist noch da. Aber – wie viele waren drin? Oder hat er andere mit? Wieso trinkt er nachts Wasser, das hat er doch noch nie gemacht. Angstvoll sitzen wir in unseren Betten und lauschen. Da, jetzt rumpelt es wieder. Was macht er, steigt er zum Fenster hinaus? Ich muss hinauf und nachsehen. Ganz sachte klopfe ich an die Tür.
»Warum weckst du mich?«, ruft er ganz laut, und schon kommt er an die Tür, öffnet sie.
»Aber du hast doch gar nicht geschlafen, ich hab doch so leise geklopft.«
»Komm rein, jetzt bist du schon da!«
»Nein, nein, lass mich, ich wollte nur nach dir schauen.«
Aber er zieht mich mit Gewalt hinein und verriegelt hinter mir wieder die Tür. Wie sieht es denn hier aus? Das ganze Bettzeug liegt auf dem Boden und er zieht mich an meinem kranken Arm dorthin.
»Bert, nein, nein, dein Anwalt hat dir doch getrennte Schlafzimmer empfohlen, und ich will dich nicht überlisten, bitte, lass mich gehen!«
»Mein Anwalt? Der hat hier gar nichts zu sagen. Der tut, was ich will, und ich brauche dich, jetzt, sofort, und zwar ganz!«
»Bert, das ist das Bett unserer Tochter!«
»Dann gehen wir eben hier auf die Couch.« Und er zieht mich auf die kleine Liege am Fenster. Ich schalte

alles aus, den Verstand, die Gefühle und lasse ihn gewähren. Es hat anders ja doch keinen Zweck, feucht und kalt liegt er über mir und wie eine Puppe liege ich da, nur, dass ich spüre, dass Tränen aus meinen Augenwinkeln laufen. Meine Gebärmutter ist ja raus, Gott sei Dank, dann macht es nichts mehr.
Lieber Gott, früher habe ich oft behauptet, das Leben wäre eine Strafe. Entschuldige bitte, damals wusste ich es noch nicht. Jetzt habe ich dafür gebüßt. Endgültig zum letzten Mal bin ich mit dem Körper meines Mannes zusammen. Seine Seele ist tot, nur sein Körper zuckt noch schwach. Im Nu ist der Spuk vorbei, er schließt die Tür auf und schubst mich hinaus. Dann schließt er wieder zu. Ekel steigt in mir hoch. Mit zitternden Beinen gehe ich die Treppe hinunter, gieße mir einen Cognac ein.
»Äh pfui!«, rufe ich laut und schüttle mich. Dann schließe auch ich unsere Schlafzimmertüre zu und gehe wieder ins Bett. ›Verzeiht, liebe Bine und liebe Moni, dass ich euch ausschließe, aber heute Nacht beschützt euch Gott. Ich habe bei ihm noch was gut.‹
Am Morgen nach dieser Nacht ruft mich Bert ins Bad, wo er splitternackt vor mir steht. »Jetzt darfst du mich nochmals anschauen, so sehe ich aus«, sagt er und das Herz bricht mir schier entzwei. Knochendürr steht er da und schaut mich an, zum Erbarmen, mein armer Mann. Ich streichle ihm über seine Arme, ganz scheu. Ich kann es nicht lassen.
»Du kannst mich ruhig anfassen, ich tu dir nichts«, sagt er. Das ist ein Abschied für immer, ich spüre es.

»Ich gehe nachher«, und ganz traurig mit Tränen in den Augen schaut er mich an. Ich ihn auch.
»Du gehst doch nur in ein Krankenhaus. Nachher kommst du doch wieder«, tröste ich ihn und mich.
»Vielleicht behalten sie mich auch«, meint er.
»Dann bringe ich dir alles hin, hab' keine Angst.«
Kurze Zeit später verabschiedet er sich von jedem seiner Kinder. Er gibt ihnen die Hand, küsst und umarmt sie und wünscht jedem einzelnen alles Gute. Ich begleite ihn zur Tür bis in den Garten hinaus. Auch von mir verabschiedet er sich nochmals.
Plötzlich sagt er: »Telefonier mir aber ja nicht nach, wo ich hingehe.«
Ich muss ihm versichern, dass ich das nicht tun werde. Ich streichle ihm über die Wange, küsse ihn und er lässt es geschehen. Dann geht er langsam und bedächtig, fast unschlüssig die Straße hinunter bis zu seiner Garage. Ich bleibe stehen und winke ihm. Er dreht sich ständig nach mir um, bleibt stehen, lange, winkt ebenfalls. So, als ginge er für alle Zeiten nach Amerika. Als er wegfährt, weine ich wieder bitterlich.
»Er ist fort, jetzt ist er fort«, sage ich zu den Kindern.
»Der kommt nie wieder.«
Wenn ich nur wüsste, in welches Krankenhaus er geht. Oder geht er überhaupt in eines? Es bleibt mir nichts anderes übrig, als zu warten, den ganzen Vormittag. Wieder wird es Mittag und er ist noch nicht wieder da. Auch kein Anruf.
Vielleicht untersuchen sie ihn jetzt gerade irgendwo. Auf gut Glück rufe ich in Muringen im Krankenhaus

an und erfahre, dass mein Mann jeden Moment wieder zurückkommen müsse, er wäre bereits vor einer Stunde abgefahren und es wäre alles in Ordnung bei ihm.
Schon wieder ist alles in Ordnung. Sind die alle blind oder was ist da los? Von Muringen bis Urbach braucht man höchstens eine halbe Stunde, und jetzt geht es auf ein Uhr mittags. Das Essen steht auf dem Tisch und ich fahre mal wieder los, um ihn zu suchen. Doch ich brauche nicht lange. Hinter der Praxis von Rechtsanwalt Bock steht sein Auto.
Na sowas. Jetzt werde ich aber wütend. Sehr energisch drücke ich auf die Klingel und fordere Einlass. Da sitzt mein Mann auf einem alten Sofa unter einer Schräge, vor ihm eine Tasse Kaffee und Herr Bock sitzt im Sessel gegenüber und hüllt sich wieder in Rauch ein. Als er mich sieht, wird er über und über rot.
»Was willst du hier?«, fragt mich Bert.
»Ich will dich nach Hause holen, wir warten mit dem Essen auf dich!«
»Ich bleibe hier, ich gehe nicht mehr nach Hause!« Das ist nicht mehr mein Mann, der das sagt, das ist jemand ganz anderer, und ganz entstellt sieht er auch aus.
»Herr Bock, Sie sehen doch, mein Mann ist krank!«, rufe ich.
»Das sehe ich nicht so«, entgegnet er ganz bedächtig, dabei zittert die Zigarre in seiner Hand.
»Aber Sie sagten doch selber zu mir, dass mein Mann krank wäre!«
»Das habe ich nicht gesagt ...«, und im selben Moment seine Frau: »Das hat mein Mann nicht gesagt!«

»Ach so, Sie lauschen?«, frage ich sie.
»Nein, bei uns hört man, was gesprochen wird!«
»So, dann hören Sie also, was Ihr Mann nicht gesagt hat!«
Da winkt ihr ihr Mann mit den Augen, sie soll ruhig sein. Aber ich bin in Rage.
»Und jetzt zeigen Sie mir bitte die Quittung für das Geld, das mein Mann Ihnen zur Anlage überbrachte!«
Da schaut der Herr Bock meinen Mann an, sie blinzeln sich zu, dann hebt er die Schultern und schüttelt mit dem Kopf.
»Geld? Ich habe kein Geld, oder?«, und wieder schaut er Bert an.
»Nein, wir haben kein Geld«, sagt da nun Bert.
Ja, das ist ja ein komplettes Irrenhaus.
»Da muss sofort ein Arzt her«, rufe ich und verlasse wutentbrannt diese Rumpelkammer. Von wegen schöne alte Stilmöbel, wie Bert es mir erzählte. Schnell telefoniere ich nach unserem Hausarzt. Er muss jetzt herkommen und meinen Mann so sehen. Doch am Telefon meldet sich seine Tochter, der Vater wäre heute in München und hätte die Praxis geschlossen. Das ist Urbach, kein Bereitschaftsdienst, jeder kann schließen und machen, was er will. Jetzt, was tun?
Da fällt mir ein, hier im Hause wohnt ebenfalls ein Arzt, zwar ein alter schon, aber er kennt uns auch. Ich habe ihn früher öfters zu den Kindern geholt, als er Sonntagsdienst hatte. Er will gerade mit seinem Hundchen ausgehen, da bitte ich ihn, zu Rechtsanwalt Bock mitzukommen.

»Herr Doktor, da sitzt mein Mann und will nicht mehr nach Hause gehen!«

»Was, der Herr Schray? Ja, ich kenne ihn gut. Oh ja, oh je«, und schnell steigt er mit mir die enge Stiege hinauf. Als er das Zimmer betritt, steht Bert auf, sieht ihn scharf an und sagt: »Was wollen Sie hier? Ich brauche keinen Arzt, gehen Sie, auf Wiedersehen!«

»Aber Herr Schray!«

»Gehen Sie, sofort!«

Da geht der kleine alte Arzt schulterzuckend hinaus, ich und Bock hinterher. Vor der Tür hält uns der Alte einen Vortrag, mehr zu Bock als zu mir: »Ja, Sie sehen ja, der Mann öffnet sich mir nicht, da kann ich gar nichts machen, da muss ein Nervenarzt her, aber das ist schwierig, hier in Urbach ist kein Arzt für dieses Fach und ich bin auch nicht mehr im Dienst, habe meine Praxis aufgegeben. Das ist schwierig, ja ja, es tut mir Leid ...«, und mit seinem Bla Bla geht er wieder.

Das hat der Bock ja sauber hingekriegt, der hat meinen Mann ja gut in der Zange, er frisst ihm aus der Hand.

»Frau Schray, Sie sind sehr aufgeregt, lassen Sie Ihren Mann hier, er braucht seine Ruhe«, sagt er gerade zu mir. Und du sein Geld, denke ich. Ein feines Spiel wird hier getrieben.

»Wer hier aufgeregt ist, sind Sie, schauen Sie nur, wie Ihre Zigarre zittert!«, entgegne ich ihm. Aber ich kann Bert nicht zwingen, mit nach Hause zu gehen. Ich kann ihn nur darum bitten, nochmals. Sein jüngster Bruder, der inzwischen gekommen ist, kann ihn auch nicht überreden.

So gehe ich eben wieder unverrichteter Dinge nach Hause. Die Kinder wärmen mir das Essen auf, gleich ist es zwei Uhr und gleich öffnet die Bank. Ich muss sofort nachsehen, was noch im Schließfach ist. Als ich den Herrn am Schalter darum bitte, mir Auskunft über unser Schließfach zu geben, zeigt er mir ein Büchlein und sagt: »Tut mir leid, aber Ihre Vollmacht hierfür wurde am 20.12. gelöscht. Von Ihrem Mann. Ich kann Ihnen leider keine Auskunft geben.«
»Dann ist es leer, ja?«
Er sagt nichts, schaut mich nur an. Aber ich lese es ihm von den Augen ab, dass ich Recht habe. Das ist jetzt alles beim Bock, und deshalb ist mein Mann auch nicht mehr krank. Er hat ihm unser ganzes Geld hingebracht. Und was sagte er noch unter der Haustür zu mir, als er ging?
»Uschi, meinst du, ich könnte mein Leben freikaufen?« Das fällt mir jetzt wieder ein. Rasch lasse ich mich beim Direktor der Bank anmelden und beauftrage ihn, sämtliche Bankvollmachten für Bert zu löschen.
Gottlob habe ich das Geschäft nicht umgeschrieben, aber er hat Vollprokura. Die muss auch gelöscht werden, und zwar sofort. Aber vielleicht kommt er heute Abend zurück. Er hat ja gar nichts mit, keinen Schlafanzug, keine Zahnbürste, nur, was er auf dem Leibe trägt. Bestimmt wird er kommen. Doch er kommt nicht. Ich rufe seinen Nervenarzt an, der ganz entrüstet ist, dass ich ihn störe, wo er doch Urlaub hat. Ich sage ihm, mein Mann säße nun bei seinem Freund,

dem Rechtsanwalt Bock und wolle nicht mehr nach Hause gehen.
»Aber was sind Sie denn so aufgeregt, ich weiß nicht, was haben Sie denn dagegen, wenn er mal bei seinem Freund übernachtet.«
»Bitte, holen Sie ihn dort raus, kümmern Sie sich doch um ihn!« Doch er will nur mit Bert telefonieren.
Kurz darauf ruft er mich zurück. »Ich habe gerade mit Ihrem Mann telefoniert, er ist sehr ruhig, aber Sie sind sehr aufgeregt. Ich rate Ihnen, sich in Behandlung zu begeben!«
Was? Auf das geht es also hinaus, ich soll die Verrückte sein? Der Kreis der Verbündeten gegen mich wird immer größer und gefährlicher. Das würde allen so passen, und vor allem meiner Schwiegermutter. Ich höre sie bereits sagen: Ja, sie ist die Verrückte, wegen ihr ist er ausgezogen, sie macht ihm ja zu Hause die Hölle heiß.
Genau so und nicht anders kann sie es vertuschen. Und sie will ja immer alles vertuschen, kann der Wahrheit nicht ins Gesicht blicken, hat es noch nie gekonnt. Deshalb gräbt sie auch ständig bei den anderen Leuten nach Dreck, um ihren eigenen zu verdecken.
Aber von der Umkehrpolitik halte ich nichts, das können sie mit meiner Schwägerin machen, aber nicht mit mir. Die ist bereits beim Nervenarzt in Behandlung. Und ständig das Gerede von ihrem Kind, das zum Psychiater soll, weil es so wäre wie sie. Nein, nicht wie sie, wie er! Nur halten sie alle in dem Spukhaus so zusammen, dass sie kapituliert und glaubt, dass sie es

ist. Dabei sind es die anderen. Jetzt geht mir ein Licht auf! Immer, wenn ich mal mit ihr zusammenkam, sagte sie nur: »Oh Uschi, meine Nerven, meine armen Nerven. Ich hab's doch so mit den Nerven, weißt du das nicht?« Ach du Schande, so sieht es aus, jetzt komme ich dahinter. Jetzt, drum es mir genauso ergehen soll. Und das Lügenmärchen, das Bert mir aufgetischt hat: »Uschi, der Bock ist ein ehrlicher Freund, der bezahlt, wenn wir zusammen ausgehen, seine Zeche selber.«

Das will ich jetzt auch gleich wissen, und mitten in der Nacht rufe ich im Grafen Urbach an, frage die Wirtin, wer von beiden Herren bezahlen würde.

»Ihr Mann«, antwortet sie.

Ja, das habe ich mir gedacht. Doch die Nacht geht um und Bert ist weggeblieben. Die erste Nacht in fünfzehn Jahren. Jetzt heißt es auf Draht bleiben. Es ist die erste Nacht, die ich zum Denken benutze, in der ich mein Programm für den nächsten Tag mache.

Am Morgen ruft meine Schwiegermutter an, probiert sofort ihre Taktik an mir aus, indem sie mich wieder fürchterlich beschimpft und mir zum Schluss befiehlt, zu einem Nervenarzt zu gehen, ich hätte es dringend nötig. Die erste Empfindung, als ich sie sah, fällt mir wieder ein. Damals dachte ich: Das ist eine böse Frau. Dann meldete sich mein Verstand, der sagte: Schwiegermütter sind alle böse. Aber sie ist im Herzen böse, das weiß ich nun. Der erste Eindruck ist meist der richtige, wenn man ihn sich nur nicht mit der Zeit verwischen ließe!

An diesem Tag fahre ich nach Monningen in die alte Anwaltskanzlei zu Dr. Hecht, der seit vielen Jahren – bis der Bock nach Urbach kam – unsere geschäftlichen Sachen vertreten hat. Der alte Herr Dr. Hecht ist nicht da, dafür seine Tochter, die gerade frisch promoviert hat. Ich erzähle ihr die ganze Geschichte.
»Beim Bock sitzt Ihr Mann, bei dem Spinner? Ich will Ihnen mal was sagen, das ist sogar verboten, als Anwalt von Klienten Geld anzulegen. Sie müssen Ihren Mann sofort entmündigen lassen oder die Scheidung einreichen!«, befiehlt sie mir.
»Aber mein Mann ist krank, ich will mich nicht scheiden lassen! Wir haben ein Geschäft und drei Kinder, das geht gar nicht.«
»Dann müssen Sie sofort die Entmündigung beantragen, anders geht es nicht, Frau Schray! Ihr Mann hat Paranoia, das ist eine unterirdisch angelegte Krankheit, die jetzt zum Ausbruch kam. Der bringt Sie um Ihr ganzes Hab und Gut!«
Ja, so sehe ich das auch, aber mir glaubt das niemand. Da betritt ihr Vater, den sie inzwischen angerufen hat, die Kanzlei. Er ist nicht so forsch wie sie und kann sich eher in meine Lage hineindenken.
»Wir werden erstmal das Geld aus dem Schließfach zurückfordern, bis dahin überlegen Sie sich das mit der Entmündigung.«
Ich habe keine Ahnung, was so eine Entmündigung bedeutet, und er erklärt mir: »Da wird Ihr Mann innerhalb von drei Tagen dem Amtsarzt zur Untersuchung vorgeführt. Dann muss er in Behandlung, und ab

sofort ist alles, was er unterschreibt, ungültig. Nur so können Sie Ihr Vermögen retten. – Oder Sie lassen sich gleich scheiden.«
Er diktiert irgendeinen Brief an den Bock und ich verstehe die Welt nicht mehr.
»Gibt es denn nichts anderes?«, frage ich.
»Nein, auf alle Fälle müssen Sie ihm die Prokura entziehen, sofort.«
Das leuchtet mir ein, und auch hier leitet er gleich die nötigen Schritte ein. Später, als ich nach Hause komme, fällt mir ein, dass ja heute unser ehemaliger Nachbar, Herr Haber, Geburtstag hat. Ich rufe ihn an und bitte ihn, doch Bert einzuladen. Vielleicht wäre das ein Mittel, um ihn bei Bock rauszuholen.
Er ist bereit, und wir verabreden, dass – sobald Bert bei ihm ist – er mich anruft und ich dann dazukommen soll. Doch es rührt sich nichts. Schließlich rufe ich nochmals bei ihm an. Seine Frau Mona, welche mir sagte, Bert wäre krank und müsse unbedingt weg, nimmt ab.
»Uschi, hier ist dein Bert. Dein Bert sagt, wenn du kommst, geht er, er möchte sich scheiden lassen.«
»Was?« Meine Kinder, die neben mir stehen, fangen an zu schreien.
»Ja, dann ist er jetzt wieder gesund?«, frage ich noch.
»Ja, warte, er sagt es dir selber.«
»Papi, warum willst du dich scheiden lassen?«
Meine Kinder sind wie von Sinnen, weinen, schreien, auch Bine. Bine, meine kleine Bine bekommt alles mit. Da nehme ich ihnen den Hörer aus der Hand und knalle ihn auf die Gabel.

»Der spinnt ja. Kinder, euer Vater ist krank, schwerkrank! Ihr dürft das nicht ernst nehmen, was er sagt.«
Ich habe alle Hände voll zu tun, meine Kinder zu beruhigen. Ich glaube, wir weinen alle. Mein Kopf ist am Platzen. Ich habe entsetzliches Kopfweh, bin nahe dran, durchzudrehen. Aber meine Bine, die, als ich so krank war, mir so geholfen hat, muss ich jetzt schützen. Ich bringe es fertig und lege den ganzen Quark beiseite, bringe sie – als ob alles in bester Ordnung wäre – zu Bett, lese ihr eine Geschichte vor und singe noch mit ihr. Mein kleines Kind lasse ich nicht durch einen Verrückten aus seiner heilen Welt ziehen. Doch mit Habers bin ich fertig! Erst ist Bert bei ihr weiß wie krank und eine Woche später wieder gesund, weil sie einen Schuldigen, nämlich mich, gefunden haben. Das sind Freunde! Sie, die mich jahrelang kennen, sind nun auch in den Kreis der Verbündeten gegen mich eingetreten.
Später rufe ich in Recklingen bei einem anderen Nervenarzt an. Seine Frau ist am Telefon und sie sagt sofort nach wenigen Sätzen von mir: »Ihr Mann hat Ihre Operation nicht verkraftet.«
Endlich mal ein normaler Mensch! Aber sie kann mir nur raten, meinen Mann in die Praxis ihres Mannes oder in irgendein Krankenhaus zu bringen, ihr Mann käme dann sofort dorthin. Auf keinen Fall aber könne er nach Urbach kommen, so wären leider die Gesetze.
Ich kann an dem Karren zerren und ziehen, wie ich will, er rührt sich einfach nicht von der Stelle. Keinen Meter. Doch noch gebe ich nicht auf. Es ist Sonntag, es

schneit wieder und ich bin gerade am Schneeschippen. Da fährt Bert vor. Er geht in unser Haus, will seine Kinder sehen. Bald darauf kommt er wieder heraus. Mein Wagen steht da. Da fällt mir ein, mein Tank ist fast leer.

»Bert, mein Tank ist leer und ich sollte weg. Kannst du mir rasch auftanken?«

Er ist nicht abgeneigt und wir fahren ins Geschäft, wo er mir wie früher auftankt.

»Wo musst du denn hin?«, will er wissen.

»Nach Recklingen, ich habe wieder Blutungen gekriegt.«

»Soll ich dich hinfahren? Ich hab dich doch immer hingefahren«, bietet er sich an.

»Wenn du Zeit hast?«

Da öffnet er seinen Wagenschlag, ich steige ein und in halsbrecherischem Tempo fährt er mit mir nach Recklingen. Doch als wir vor dem Krankenhaus ankommen, sagt er: »Ich betrete kein Krankenhaus, ich steige nicht aus. Ich warte hier im Auto auf dich!«

»Du kannst doch im Wartezimmer auf mich warten!«

»Nein, ich betrete kein Krankenhaus!«

Richtig programmiert, wie ein Computer spricht er. Der Bock gibt ein und er spult es dann herunter.

»Bitte, Bert, komm' doch mit, ich möchte dich doch nicht entmündigen lassen, es passiert dir doch nichts! Schau, ich musste doch auch Opfer bringen, damit ich wieder gesund werde. Ich musste mir den Bauch aufschneiden lassen. Doch bei dir machen sie sowas ja gar nicht. Du musst nur in einem Bett liegen und medikamentös behandelt werden, dann wirst du auch wieder gesund!« Ich bitte und flehe, ich drohe, aber alles nützt nichts.

Innen im Krankenhaus rufe ich nochmals dem Nervenarzt an. Seine Frau ist wieder am Apparat, und ich bitte sie, ihren Mann herzuschicken. Vielleicht könne er meinen Mann zum Aussteigen überreden. Doch das lehnt sie ab, das könne ihr Mann nicht machen, das wäre Freiheitsberaubung. So steige ich eben wieder bei Bert ein. In rasender Fahrt bringt er mich unter übelsten Beschimpfungen zurück in unser Geschäft. Wieder ein Fehlschlag.

Am anderen Tag, es ist der letzte Tag im Jahr, fahre ich in aller Frühe nach Recklingen und lasse die Prokura für Bert löschen. Der Notar ist sehr nett, bietet mir an, innerhalb einer Woche widerrufen zu können, ohne dass jemand davon erfahren würde. Mit dieser Regelung bin ich einverstanden, denn in einer Woche, vielleicht schon morgen, ist der Spuk hoffentlich beendet. Länger halte ich das auch nicht mehr aus.

Auf dem Rückweg fahre ich nochmals beim Anwalt in Monningen vorbei, um ihm zu sagen, dass die Löschung der Prokura in Ordnung geht. Kaum betrete ich das Anwaltsbüro, sagt die Sekretärin, ich solle sofort in Urbach anrufen, es wäre dringend. Sie gibt mir eine Nummer und es meldet sich die Frau Haber, bei deren Mann Bert gestern Abend zum Geburtstag war.

»Bert ist hier bei uns, er will jetzt doch zu einem Arzt gehen. Komm rasch, bevor er es sich wieder anders überlegt!«

»Ja, ich weiß nicht, ob heute der Arzt in Recklingen Sprechstunde hat.«
Sie bittet mich, so rasch als möglich nach Urbach zu fahren, sie würden schon auf mich warten. Inzwischen würde sie mit dem Arzt in Recklingen telefonieren. Ich sage ihr den Namen und fahre rasch los. Bert und Herr Haber warten bereits am Ortseingang von Urbach auf mich. Bert bittet mich, in seinen Wagen einzusteigen. Es liegt eine dünne Schneeschicht auf den Straßen und ich sage: »Lass uns lieber mit meinem Wagen fahren, mit deinem kann ich heute schlecht zurückfahren.«
Au!
»Nein, ich fahre!«, befiehlt er und ich steige in den Fond. Wieder fährt er wie ein Rennfahrer. Es ist bald elf und der Arzt wird bald schließen. Als wir ankommen, ist das Wartezimmer noch mit mehreren Leuten besetzt und eine Helferin kommt, um seine Personalien aufzunehmen. All die Leute, die dasitzen, machen einen ganz normalen Eindruck, nur mein Mann sieht sehr verstört aus. Dass sie das nicht sieht, und ihn vorzieht? Klappt es oder klappt es nicht?
Wenn sie mich gleich drannehmen, klappt es, anders nicht, meine ich deutlich zu spüren. Der Countdown läuft, ich sitze da wie auf Kohlen. Vier ... drei ... Da fährt ein Krankenwagen vor. Bert springt auf, ruft: »Albert, jetzt wollen Sie mich wegbringen!«
Zwei ...
Er rennt hinaus, ich läute, Albert rennt hintendrein ...
Eins ...
Endlich kommt die Sprechstundenhilfe, sagt, da

könne sie doch nichts dafür, wenn mein Mann jetzt davonrenne, nur weil ein Krankenwagen vorgefahren wäre, der eine Patientin abholen würde. Null ...
Bert steigt in sein Auto, Herr Haber mit und schnell brausen sie davon. Da stehe ich nun ohne einen Pfennig in einem fremden Wartezimmer, ohne meine Haus- und Wagenschlüssel, denn sie liegen in Berts Auto, und sehe, wie es draußen anfängt zu schneien, was vom Himmel herunter kann. Ich bin ja allerhand gewohnt, mit mir können sie das ja machen, aber nicht mehr lange. Resigniert ziehe ich meinen Mantel an und verlasse das Wartezimmer. Per Anhalter fahre ich nach Urbach.
Dort verlange ich beim Bock, meinen Mann zu sprechen. Wortlos nehme ich meinen Schlüsselbund von ihm in Empfang und renne nach Hause. Nicht mal zum Einkaufen kam ich heute und morgen ist Neujahr. Ich löffle meine Suppe, welche die Kinder gekocht haben, räume die Wohnung auf und kümmere mich um die Kinder. Sie wollen fernsehen. Aber ich kann das Spektakel auf der Mattscheibe nicht sehen. Ich habe das Gefühl, jeden Moment verrückt zu werden. Ich halte es nicht mehr aus, ziehe mich an, spaziere zum Ortseingang von Urbach, um meinen total zugeschneiten Wagen zu holen. Aber bei jedem Auto, das mir bekannt verkommt, fahre ich zusammen, und bei jeder Gestalt, die ich sehe, meine ich, Bert zu erkennen. Das ist er, jetzt kommt er! Aber es ist jedes Mal jemand ganz anderes. Ich sehe Gespenster.
Es schneit immer noch in einem fort. Als ich den

Wagen in der Garage habe, fange ich an, den Schnee ums Haus wegzuschippen. Immer wieder, bis ich nicht mehr kann. Todmüde sinke ich in den Sessel, warte, bis die Kinder die Silvestersendung gesehen haben, warte, bis sie ins Bett wollen.
Am Neujahrstag in aller Frühe, ich bin gerade im Tiefschlaf, klingelt das Telefon. Berts Freund Schlecht wünscht mir ein fröhliches Neues Jahr. Total besoffen. Jetzt geht's los. Wäre Bert hier gewesen, hätte er sich sowas nicht erlaubt. Das wird ein Jahr werden, wenn es bereits so beginnt! Abends ruft meine Schwiegermutter an, beklagt sich, wieso die Kinder ihr nicht das Neue Jahr wünschen. Dann sagt sie, Bert würde seit drei Tagen bei ihr die Mahlzeiten einnehmen. Na, das ist ja schön. Und dann verlangt sie, dass meine Kinder ihr auch noch ein gutes Jahr wünschen sollen!
»Für uns gibt das kein gutes Jahr, das weißt du genau!«, sage ich und lege auf. Ich bin so müde, sie soll mich bloß in Ruhe lassen und den Kindern ihren Vater nehmen, wenn sie dabei noch ein gutes Gewissen hat!
Am nächsten Tag kommt Bert mit seinem Bruder, er will seine Kleider und Schuhe holen. Ich sitze im Wohnzimmer und rühre mich nicht. Soll er sein Zeug selber einpacken. Sein Bruder droht mir: »Wenn du Bert wegbringen lässt, kommt das für uns einer Entführung gleich, damit du Bescheid weißt!«
Der spinnt auch. Ich sage: »Ich kann ihn nicht wegbringen, ich kann es nur beantragen. Aber das dürft ihr machen. Ich will nur noch meine Ruhe, sonst gar nichts. Und hauptsächlich vor euch. Ich weiß nur

eines, der Riemen ist unten. Mit aller Gewalt wurde er heruntergerissen. Von euch, nicht von Bert, der kann nichts dafür, aber seine Mutter und seine Brüder. Ich kann sie nicht mehr sehen.«

Als sie weg sind, atmen wir alle auf. Ich muss unbedingt einen zweiten Anwalt aufsuchen, vielleicht gibt es doch noch eine andere Möglichkeit. Mein Vetter Horst fällt mir ein. Wir sind zusammen aufgewachsen, aber ich habe ihn eine Ewigkeit nicht mehr gesehen. Er soll in Recklingen eine große Kanzlei haben. Morgen werde ich ihn anrufen und um Rat fragen.

Das neue Jahr fängt mit Telefongeklingel an. Erst Herr Schlecht, jetzt sie. Frau Schlecht muss mir sagen, dass mein Mann sie vor Weihnachten besucht hätte und dabei unser ganzes Geld in seinem Kofferraum gehabt hätte. Einige hunderttausend Mark. Ob ich das nicht gewusst hätte? Und einen Privatdetektiv hätte er für mich angeheuert, aber schon im November. Auch dass ich ihn vergiften wollte, mit Apfelessig, weiß sie. Und dass er so furchtbar angeben würde, aber das hätte er ja immer schon getan. Also diesen Mann wolle sie nicht geschenkt. Und ob ich tatsächlich fremdgegangen wäre, will sie noch wissen. Am liebsten hätte ich zu ihr gesagt: Ja, mit deinem Mann, der war schon immer scharf auf mich. Aber ich lasse ihr ihre Freude. Der nächste Anruf kommt aus Düsseldorf. Der Makler, der im November mit Bert unsere Wohnung verkauft hat, ist am Apparat. Er möchte Bert sprechen, aber der ist ja nicht da, wohnt bei seinem Freund Bock. »Kann ich ihm was ausrichten?«, frage ich.

»Frau Schray, Ihr Mann telefoniert immer nach dem Geld von der Wohnung. Das Geld liegt auf einem Notaranderkonto! Sobald die Grundbucheintragung erfolgt ist, bekommt er sein Geld. Sagen Sie ihm das oder seinem Rechtsanwalt.«

»Wie kommen Sie auf seinen Rechtsanwalt?«, interessiere ich mich.

»Ja, ich glaube, der ist es, der immer telefoniert. Ich selber war nie da, als die Anrufe kamen, aber meine Frau, und die kennt ja Ihren Mann und den Herrn Bock.«

Mein Hals wird ganz trocken, trotzdem frage ich noch: »Den Herrn Bock? Aber woher denn?«

»Na, der war doch mit hier, Ihr Mann brachte ihn doch mit. Ich sage es nicht gerne, aber der hat auf uns keinen guten Eindruck gemacht, und ich glaube, dass er von der ganzen Sache auch keine Ahnung hat. Alles musste der Notar machen!«

»Mein Mann war mit Herrn Bock in Düsseldorf? Wissen sie das bestimmt?«

»Ja, ganz bestimmt, ich hab' die beiden ja vom Flughafen abgeholt und auch abends wieder hingebracht. Nur, das mit dem Geld geht nicht so schnell. Ich versteh' das gar nicht, Ihr Mann hat doch genug Geld. Der Rechtsanwalt tut, als wäre es lebensnotwendig. Also, beruhigen Sie ihn mal, und alles Gute noch zum Neuen Jahr!«

Ich bin wie vor den Kopf geschlagen. Er fuhr also mit dem Bock nach Düsseldorf, legte mir aber nur ein Flugticket vor, kam abends alleine ins Geschäft, dabei

kann der Bock doch nicht Autofahren, wenn er keinen Führerschein hat, also muss er ihn vorher nach Hause gefahren haben. Und morgens, als ich ins Geschäft kam, war er schon weggefahren, in Richtung Flughafen, dabei fuhr er anschließend nochmals zurück, um den Bock zu holen. Das ist die Höhe!
Und jetzt wollen sie das Geld, um mich damit zu umgehen. Das ist Betrug, das ist glatter Betrug!
Ich setze ein Schreiben auf, das die sofortige Entlassung meines Mannes aus dem Geschäft beinhaltet. Als Grund gebe ich an, dass er zusammen mit Rechtsanwalt Bock seit spätestens November Geschäfte abgewickelt hat, die einer Hinterziehung gleichkommen. Das kann er dann dem Arbeitsamt vorlegen und um Arbeitslosenhilfe ersuchen, die er doch so notwendig hat, wo er doch überhaupt kein Geld hat. Das Schreiben schicke ich sofort ab. An die Adresse von RA Bock.
Als ich zwei Tage später zu Rechtsanwalt Dr. Hecht nach Monningen fahre, um ihm diesen Vorfall zu schildern, erfahre ich, dass Bock seiner Aufforderung, das Geld aus dem Schließfach zu überweisen, noch keine Folge geleistet habe, stattdessen reicht er mir ein Schreiben über den Tisch, das eben eingetroffen wäre. Darin befiehlt Bock, dass ich bis zum 30.1. aus unserem Haus ausziehen müsse, da – wie ich wisse – dieses im alleinigen Eigentum meines Mannes stünde. Außerdem solle ich mich für die falsche Aussage in dem Kündigungsschreiben an meinen Mann bei ihm entschuldigen, schriftlich, bis übermorgen!

Na, das ging aber schnell!
Ich nehme das Schreiben, gehe sofort zu dem Nervenarzt nach Monningen, der ab heute wieder Sprechstunde hält. Er lässt mich sofort zu sich durch und ich zeige ihm den Brief.
»Entweder Sie bringen meinen Mann jetzt weg, zur Behandlung, oder Sie sehen ja, muss ich die Scheidung einreichen.«
Er sagt gar nichts, liest den Brief, dann: »Ich kann Ihnen nicht sagen, was Ihr Mann hat. Gerade, bevor Sie kamen, hat er angerufen und mich auf meine Schweigepflicht aufmerksam gemacht, andernfalls drohte er mir mit einem Prozess.«
»Ja, ich will ja gar nicht wissen, was er hat, ich will nur, dass er wieder gesund wird, und Sie ihn in Behandlung bringen!« (wenn Sie selber nicht mit ihm zu Rande kommen!)
»Ich kann Ihren Mann nicht mit der Polizei abführen lassen, das geht leider nicht.«
»Hören Sie, übermorgen muss ich in unser Geschäft, das ist seine Existenz. Ich kann sie ihm halten, vier Wochen, auch sechs Wochen, aber länger nicht, wir haben schließlich drei Kinder, die wollen auch versorgt sein. Wenn ich eine kompetente Erklärung von einem Arzt habe, wie lange es bei ihm dauert, kann ich jemanden einstellen. Aber das sollte ich wissen, so ins Blaue rein geht das nicht.«
»Frau Schray, es tut mir leid, aber dazu kann ich nichts sagen.«
»Ja, dann muss ich leider die Scheidung einreichen, ich

bin ja schließlich kein Hampelmann, mit dem jeder machen kann, was er will.«

Damit ist mein Besuch bei diesem mehr als seltsamen Nervenarzt beendet, und er hat doch tatsächlich noch die Stirn, mir später hierfür eine Rechnung zu senden.

Abends kommt mein Vetter Horst, er sieht sich alles an, unser Geschäft, Berts Grundstück daneben, die große Wiese über der Straße, und anschließend kommt er mit mir nach Hause. Nachdem ich ihm alles Vorgefallene berichtet habe, bittet er mich, so rasch als möglich die Scheidung einzureichen, eine andere Möglichkeit – außer der Entmündigung – hätte ich leider nicht.

Ja, ich kann es überlegen, wie ich will, es bleibt mir keine andere Wahl.

»Der Entmündigung wird die Scheidung automatisch folgen, oder?«, frage ich ihn.

»Meistens«, lautet seine Antwort.

»Bei jeder Gelegenheit wird er sagen: ›Aber du hast mich entmündigen lassen‹, das ist ein Vorwurf, eine Tatsache, die er – wenn er wieder gesund ist, vielleicht gar nicht mehr einsehen wird. Außerdem, wer weiß, ob die Krankheit überhaupt für alle Zeiten geheilt werden kann?«

So reden wir, und es ist längst nach Mitternacht, als er geht. Zerrüttet ist unsere Ehe also. Haltlos zerrüttet. So hat er es formuliert.

Das Familienstammbuch, in dem unser Hochzeitstag, der Trauspruch und die Taufen der Kinder stehen, hat er mitgenommen. Nie im Leben hätte ich geglaubt, dass ich es jemals einem Anwalt übergeben müsste. Oh Gott, ich bin mitten in einen gewaltigen Strudel hineingerissen worden und drehe mich darin im Kreise. An welches Ufer werde ich wohl geworfen? Und wann?

Nachts habe ich nach langer Zeit wieder denselben Traum, der seit einigen Jahren immer mal wieder aus der Tiefe meines Innersten an die Oberfläche kommt. Ein großer Prozess käme auf uns zu. Dann stehe ich in einem Gerichtssaal, Bert sitzt mit einem Anwalt auf der anderen Seite und der Richter will alles von mir wissen, und ich bin alleine, habe keinen Anwalt, denn Dr. Hecht sitzt bei meinem Mann, und sie wollen immer mir die Schuld geben. Aber ich würde alles sagen, die ganze Wahrheit. Der Traum hat mich wachgemacht.

Das Ende habe ich nicht geträumt, wie war das Ende? Als mich der Richter wieder was fragte, schrie Bert: »Uschi, Uschi«, und fiel vor mir auf die Knie, dann hörte der Traum auf.

Seltsam, früher hat mich der Traum jedes Mal erschreckt. Einmal bin ich sogar weinend aufgewacht, Bert hat mich dann getröstet. Aber heute hat er mich nicht mehr erschreckt. Er hat mich erleichtert. Das war mein Weg, schon seit vielen Jahren. Jetzt weiß ich, dass ich ihn gegangen bin. Im Schatten. Seit ein paar Tagen oder Wochen ist er ins Licht gerückt. Unwiederbringlich. Das ist der Unterschied.

Nur Bine, meine kleine Bine, meint, man könne den Weg nochmals zurückgehen. Jeden Abend, seitdem er weg ist, herrscht irgendeine Unruhe in uns allen. Wie seit vielen Jahren gewohnt, warten wir alle auf den Mann und Vater. Aber er kommt nicht. Bine spürt, dass ich auf irgendwas warte, was nicht kommt, und sie tröstet mich: »Mutti«, sagt sie, »ich hol' ihn dir, ich weiß jetzt, wo er wohnt, ich weiß nur nicht, auf welche Klingel ich drücken soll.«

Auch die Älteste will jetzt abends öfters noch mal einen Spaziergang machen, als ob sie ihren Vater suchte. Aber jeder, der bei Herrn Bock läutet, wird durch die Haussprechanlage abgewiesen. Er soll nicht mal mehr das Telefon abnehmen, obwohl ich seit Weihnachten dort nicht mehr angerufen habe.

»Binchen, das hat keinen Zweck, sieh' mal, unser Papi weiß doch, wo wir wohnen, wenn er kommen will, wird er kommen. Wir müssen ihn jetzt ganz in Ruhe lassen, vielleicht wird er dann wieder gesund.«

Das versteht sie, meine kleine Bine, die schon so gescheit ist.

Dann öffne ich das Geschäft, das ab jetzt mein Geschäft sein soll. Als erstes bin ich damit beschäftigt, den Warenbestand aufzunehmen. Gleichzeitig lasse ich überall Ordnung machen. Die verkaufte Ware wird aussortiert und wie die Stücke, die am Lager zur Auslieferung bereitstehen, genau beschriftet. So informiere ich mich über alles, was bisher in Berts Ressort fiel.

Bald weiß ich überall Bescheid und kann mich dem Verkauf widmen. Abends werde ich in eine Wohnung gebeten, um Maße zu nehmen, ich soll sie einrichten und ein paar Vorschläge unterbreiten. Endlich das, was mir von Natur aus Spaß macht. Aber ich habe keine Freude mehr daran, die Lust dazu ist mir so gut wie vergangen. Trotzdem bemühe ich mich, wälze Kataloge, zeichne und rechne, schreibe ein Angebot und erhalte den Auftrag. In sechs Wochen kann ich die Lieferung versprechen. Wer weiß, wie es bis dahin weitergeht?

Bald ist die erste Woche um, dann beginnt wieder die Schule. Wie soll ich das bloß machen, die Kinder, den Haushalt und von morgens bis abends ins Geschäft rennen? Tag und Nacht stelle ich mir die Frage.

Wieder mal wache ich mitten in der Nacht auf. Mir fällt ein, was Bert immer zu mir sagte, was ich machen solle, falls ihm was passieren würde. ›Du musst einen Totalausverkauf machen und sofort das Geschäft vermieten!‹

Das hat er mir nicht nur einmal aufgetragen. Das ist die Lösung. Das werde ich machen, denn ihm ist etwas passiert. Zwar nicht das, was er sich vorgestellt hat, dafür aber etwas anderes.

Ihm werde ich folgen, und machen, was er immer sagte. Am nächsten Tag gebe ich dem hiesigen Makler die Vermietung in Auftrag. Er kommt sofort her, kann es nicht fassen. Herrgottnochmal, so langsam fange ich an, Fehler zu machen. Hätte ich ihn bloß weggelassen, er hat ja von dieser Größenordnung keine Ahnung.

Doch er gibt sich sehr optimistisch, nun, vielleicht gelingt es ihm, mich zu überraschen, aber ich glaube es kaum. Als ich zum Mittagessen nach Hause komme, berichten die Kinder, Papi wäre dagewesen. Er hätte sie besucht.

»Wo war er denn überall?«, will ich wissen. Ach, in ihren Zimmern, und sie wissen es auch nicht, wo überall, eben hier, im Haus. In mir wächst ein seltsamer Verdacht. Und siehe da, mein Tresorschlüssel ist weg. Also, war er am Tresor, ... oder er will nicht, dass ich ihn öffnen kann, nicht mehr.

Gleich als damals der Anruf aus Düsseldorf kam, habe ich ihn zum ersten Mal geöffnet und nachgeschaut, mit dem Schlüssel, den Bert mir extra gab, da war der Tresor noch voll. Meinte ich nicht, gestern Nacht mal die Garagentüre gehört zu haben?

Er hat ja den Garagenschlüssel, und seit Dezember fehlt der Schlüssel zur unteren Tür, man kann so – ohne dass ich es im Haus oben merke, zum Tresor im Untergeschoss gelangen. Er hat das Gold geholt, ganz bestimmt!

Es ist gleich 13 Uhr, ich rufe bei seiner Mutter an und bitte ihn, herzukommen. Er selber muss mir den Tresor öffnen, jetzt will ich die Gewissheit haben. Sofort erscheint er, und ich sage zu ihm, dass ich meinen Schmuck – auf den er immer so stolz war – in Sicherheit bringen möchte, und zwar in den Haustresor. Da holt er seinen Schlüsselbund hervor und öffnet ihn.

Gähnende Leere – nicht mal die Porzellandose ist mehr da.

»Wo ist das Gold?«, frage ich. »Wann hast du es geholt, gestohlen?«

»Das geht dich einen Dreck an, das gehört alles mir, mir alleine!«

Voller Abscheu, als ob ich es genommen hätte, schaut er mich an.

»Und wo ist das Geld aus dem Schließfach?«

»Ich habe kein Geld, du bist ja dumm wie die Nacht«, und unter lauten Beschimpfungen verlässt er eilig das Haus. Jetzt ist außer dem Bargeld auch das ganze Gold beim Bock. Zum ersten Mal bin ich froh, die Scheidung eingereicht zu haben. Dann kann mit meiner Hälfte nichts mehr passieren.

Neben dem täglichen Geschäftsablauf rufe ich unsere Konkurrenten in der nächsten Umgebung an, biete aus privaten Gründen unser Geschäft zum Mieten an. Eilends kommen sie hergefahren. Sie sind alle sehr nett, so höflich und zuvorkommend. Aber sie müssen es sich noch überlegen. Auf wie lange ich vermiete? Auf zehn Jahre. Hmmm.... und die Miete nicht gerade ein Pappenstiel. Ja, vor zwei Jahren hätte man soviel noch verlangen können, aber jetzt, wo die Rezession beginne? Das Gebäude wäre auch nicht in einem Topzustand. Ja, das weiß ich selber, wir wollten ja bauen. Es müsse eben auch noch viel reingesteckt werden. Ja, sie haben Recht, sie haben alle Recht. Wir haben so gut wie gar nichts in den letzten Jahren investiert, nur rausgezogen, was ging. Für unser Haus, für die Wohnung in Düsseldorf, das Baugrundstück nebenan und etliches mehr, das jetzt alles Bert gehört. Alles zusammen ist weit höher im Wert als hier das Geschäft. Er kann also zufrieden sein, für ihn ist trotzdem gesorgt, und an seiner Existenz ist er ja nicht mehr interessiert. Er will und kann nicht mehr.

Das Bargeld und das Gold hat er auch noch mit, mir die Schulden von seinem Besitz übertragen und mich damit sitzen lassen. Ich habe kein schlechtes Gewissen, wenn ich jetzt einen Mieter suche, trotzdem, so ungern wie das hier habe ich noch nichts gemacht.

Die Schule hat wieder begonnen, ich stehe jeden Morgen vor sechs Uhr auf, richte das Frühstück, fahre die Kinder zur Schule, gehe dann ins Geschäft und teile die Arbeit ein, dann kaufe ich nach acht Uhr gleich die Lebensmittel ein, sauge rasch die Wohnung und richte die Betten, dann bin ich vor neun Uhr wieder im Büro. Die Mädels kommen meist erst nach ein Uhr aus der Schule, so kann ich in der Mittagspause bequem das Essen kochen. Gleich anschließend ist es dann aber Zeit, wieder ins Geschäft zu gehen.

Bine habe ich bis auf weiteres zu meinen Eltern gebracht, sie muss wieder mal das größte Opfer bringen, aber ganz verständig sieht sie es ein. Abends besuche ich sie meist, falls es im Geschäft nicht zu spät wird.

Eines Morgens kommt Bert ins Büro. Schreit mich vor der Angestellten an, dass er mich jetzt rausjage aus unserem Haus, darin hätte ich nichts mehr zu suchen, und verlangt dann seine Lohnsteuerkarte und die Papiere. Ich habe bereits alles gerichtet und händige es ihm aus. Dann beschaut er sich die Ausstellung, die ich inzwischen auf Vordermann brachte, und ist des Lobes voll.

»Dich kann man arbeiten lassen«, meint er.

Mit großen Gesten geht er in der Halle herum, dabei wieder die übliche Zigarre im Mund. Anscheinend war er verreist, er ist braun wie nach einem Gebirgsaufenthalt, aber darunter – mich täuscht er nicht – ist er blass und eingefallen.
Doch die Angestellte findet: »Gut sieht Ihr Mann aus, in dem Skidress und der Pelzmütze.«
»Ja, und so gespreizt wie ein Gockelhahn, fehlt bloß noch die Feder im Hintern«, kann ich mir nicht verkneifen.
Noch sechs Wochen, dann wird unsere Älteste konfirmiert. Zuerst wollte ich diesem Problem damit aus dem Wege gehen, indem ich das Ganze um ein Jahr verschieben wollte. Aber als ich den Pfarrer darum bitten wollte, war er nicht zu Hause, und so lassen wir es eben laufen. Auch das noch.
Endlich sind wir uns einig, wie wir das Fest begehen werden. Zum Mittagessen in den Grafen Urbach, die Zahl der Personen ist noch offen, und zum Kaffee und Nachtessen gehen wir wieder nach Hause. Hier steht die Personenzahl bereits fest. Aber dazu brauche ich zusätzlich noch eine Tafel für mindestens zehn Personen. Die Essgruppe ist zu klein, sie ist gerade recht für die Kinder, die kommen werden.
Und jetzt findet die Möbelmesse statt. Eigentlich wollten Bert und ich uns hierbei die nötigen Möbel aussuchen. Und schließlich, wenn es ernst wird und ich ausziehen muss, kann ich von den jetzigen Möbeln so gut wie nichts mitnehmen, alles ist eingepasst. Die letzte Gelegenheit also, für mich einzukaufen.

Morgens um vier Uhr fahre ich los. Ich muss beim Bock am Haus vorbei.

Bert, schläfst du? Wach auf, Möbelmesse ist, willst du nicht mit? Vielleicht dringt mein Hupzeichen im Schlaf in sein Unterbewusstsein und rüttelt ihn wach?

Als ich im Abenddämmerschein mit dem Zug zurückfahre und am Rhein entlang so die Städte betrachte, die so friedlich am Ufer liegen, bin ich fest davon überzeugt, dass – bis ich nach Hause komme – sich der ganze Irrtum aufgeklärt hat und alles wieder gut wird. Sonst könnte doch die Sonne nicht so in die Welt hineinstrahlen.

Der Makler kommt und bringt mir mehr oder weniger kompetente Geschäftsleute an, die vorgeben, an einer Mietung interessiert zu sein. Der ganze Sonntag geht dabei drauf. Es sind Konkurrenten, die sich in der Hauptsache die Ware ansehen. Jetzt ist Schluss damit, das Niveau der Interessenten darf ich mir nicht mit solchen Leuten kaputtmachen lassen, und auf gut Glück sage ich zu ihnen: »Bis nächsten Samstag müssen Sie sich entscheiden, andernfalls ist es vergeben.« Den Herren bleibt die Spucke weg.

Vertreter kommen wieder, manche kenne ich seit fast fünfzehn Jahren. Und da sie sich überhaupt nicht vorstellen können, warum mein Mann nicht im Geschäft ist und »krank« wäre, sage ich eben zu einigen, dass ich gerade dabei bin, das Geschäft zu vermieten.

Das haut ein wie eine Bombe. Sie sind fassungslos. Doch einer marschiert sofort zum Telefon, empfiehlt

mir zwei Kollegen, die gerade was zu mieten suchen und bestellt sie anschließend hierher.
Kaum sind die Vertreter aus dem Haus, rufen von überallher Geschäftsleute an, wollen einen Besichtigungstermin mit mir vereinbaren und geben vor, das Geschäft mieten zu wollen. Fünf kompetente Geschäftsleute habe ich in die engere Wahl genommen, die zwei empfohlenen dazu und damit schließe ich den Kreis der Interessenten. Ab sofort sage ich jedem neuen Bewerber ab.
Jetzt scheint es sich auch in Urbach herumgesprochen zu haben, denn viele rufen an oder kommen gleich her, fragen, ob ich ihnen mein Geschäft vermieten würde.
»Nein, tut mir leid, die Verhandlungen laufen bereits.«
»Schon? So schnell?« Sie sind ganz geschlagen, dass sie zu spät kommen. Es ist der 21. Januar. Ein Unternehmer aus Recklingen lässt nicht locker: »Und wenn alle Verhandlungen platzen, denken Sie an mich!«
Mindestens zweimal am Tag macht er mich darauf aufmerksam.
Morgens, ich richte gerade das Frühstück, ruft meine Mutter an. Sie will wissen, ob ich schon die Zeitung gelesen hätte, als ob ich nichts Eiligeres zu tun hätte.
»Die Zeitung? Nein, wieso denn?«
»Bert hat eine Annonce aufgegeben, aber wahrscheinlich hat sie der Bock aufgesetzt, lies' nur!«
Sie ist ganz außer Atem, das muss ja was sein, und schnell lege ich auf, frage nicht mal nach meinem Vater, der seit einiger Zeit mit einer Blutvergiftung kämpft. Zuerst im Arm, jetzt im Bein.

Im Anzeigenteil sehe ich dann die Anzeige, mit der Umrandung, die wir für die Werbung benutzen und dem Emblem der Firma dabei. Auf Wunsch der Geschäftsführerin wäre er nach fünfzehnjähriger Tätigkeit fristlos entlassen worden und er bedanke sich bei all seinen Kunden und verabschiede sich aufs herzlichste bei Ihnen. Gezeichnet Bert Schray.
So eine Blamage. Aber für ihn selber, obwohl sie mir zugedacht ist.
Doch in diesem Falle wird sie zum Bumerang. Wieder bringt er es für einen Tag lang fertig, dass sich mein Mitleid, das ich für ihn empfinde, in Wut umwandelt.
Und heute kommen die beiden Herren zur Besichtigung. Zeit, dass das Geschäft in andere, bessere Hände kommt, bevor es noch auf solche Art zugrunde gerichtet wird. Außerdem kann ich nichts wie Reklamationen ausbügeln, Nachlässe geben und Ware umtauschen. Auch hier zeigt sich nachträglich noch seine Verfassung. Und den Umsatz von November und Dezember, mit dem er überall prahlt, hätte auf diese Art jeder andere Verkäufer auch gemacht. Bis zu 30% und mehr Rabatt stehen auf den Aufträgen. Bei anderen wieder hat er den Bruttopreis so drastisch auf einen Nettopreis reduziert, dass selbst bei allerschärfster Kalkulation und schnellster Auslieferung nichts mehr daran verdient sein kann.
Hoffentlich kann ich es bald vermieten. Meine Bine fragt mich jeden Abend: »Mutti, hast du jetzt das Geschäft schon vermietet?«
»Nein, Bine, ich habe noch niemanden gefunden, aber

mach' dir nur keine Sorgen, bald hole ich dich wieder nach Hause.«

Als ich am Vormittag auf der Bank etwas zu erledigen habe, erfahre ich, dass Bert gleich nach Aufgabe seines »Abschiedsinserates« verreist ist. Mit seiner Mutter. Wo er wohl hingefahren ist? Oder bringt sie ihn in eine Klinik? Aber nein, auf sowas darf ich bei ihr nicht hoffen. Solange ihr Sohn mit ihr noch verreist und das Portemonnaie voller Scheine hat, ist er bei ihr in Ordnung.

Die beiden Interessenten, die sich für heute angemeldet haben, erweisen sich als ganz normale Männer, denen man in keiner Weise, nicht mal an ihren Autos, ihren Reichtum ansieht. Endlich die Richtigen, denke ich.

Sie sind mir sehr empfohlen worden und haben in weiterem Umkreis beide große Häuser. Nachdem sie sich die Örtlichkeiten angeschaut haben, sage ich ihnen meine Mietpreisvorstellung. Sie wollen Zahlen sehen, ich habe sie parat, und dann wollen sie noch wissen, ob die Firma auf mich auch im Handelsregister eingetragen wäre. Ich habe den Auszug in meiner Mappe, denn überall werde ich plötzlich nach diesem Papier gefragt. Da redet alle Welt von Emanzipation, dabei merke ich, sind wir noch meilenweit davon entfernt.

Ich reiche es ihnen und sage: »Übrigens steht das heute in der Tagespresse, dass ich meinen Mann entlassen habe.«

Etwas konsterniert sehen sie mich an, lassen sich dadurch aber nicht aus ihrem Konzept bringen. Sie

sind mir die sympathischsten von allen, ich habe mich bereits entschieden, als ich sie sah. Meine Zusage haben sie, hoffentlich bekomme ich auch die ihre. Bis übermorgen erbitten sie sich Bedenkzeit.
Durch diesen Vorgang bin ich tagsüber so abgelenkt, dass mir erst im Bett wieder einfällt, dass Bert und ich ja jetzt geschieden werden, und dass er mich so betrogen und belogen hat. Und unser schönes Geschäft, für das wir so großartige Pläne hatten, ich jetzt vermieten muss.
Mit jedem neuen Tag wird mein Vorhaben mehr zur Tatsache. Das bedeutet, alles ist zu Ende, aus, für immer. Dann wieder habe ich die Vision, er irre in Ascona umher und suche uns. Aber als ich aufwache, fällt mir ein, dass um diese Jahreszeit dort ja alle Hotels geschlossen sind. Ach, es soll mir egal sein, wo und mit wem er sein Geld verplempert, es ist ja aus zwischen uns.
»Aus, alles ist aus«, rufe ich und kalt tönt es von den Wänden zurück. Ich muss es mir selber laut vorsagen, denn mein armes Herz kann es noch gar nicht fassen.
Zwei Tage später erhalte ich die Vorabzusage, dass die beiden sympathischen Herren zum nächstmöglichen Zeitpunkt das Geschäft mieten werden, sofern alle weiteren Einzelheiten klargehen. Ein Stein fällt mir vom Herzen, und ich kann allen andern Bewerbern absagen.
Abends, es ist zu spät geworden, als dass ich Bine noch besuchen könnte, sage ich es ihr durchs Telefon. »Oh, Mutti«, haucht sie in die Muschel, »da bin ich aber

froh, weißt du, ich habe so drum gebetet, dass das Geschäft jemand will.«
Mein Kind, mein Jüngstes, ist für alles am meisten besorgt. Meine beiden Großen haben das als selbstverständlich angesehen, dass ich jetzt das Geschäft vermiete, an gute Leute, klar, wozu darüber reden. Als ob dies das Einfachste von der Welt wäre.
Und nun auf einmal reden sie von den Berufen wie Innenarchitektin und Designerin, drum sie weg sind von diesem Fenster. Vorher, als Bert und ich ihnen dazu geraten haben, waren diese Berufe uninteressant. Sie machen schon früh die entsprechenden Erfahrungen, das kann auf keinen Fall schaden, tröste ich mich.
In der Nacht, bevor der Mietvertrag ausgehandelt wird, bin ich untröstlich. Fassungslos weine ich mein Kissen nass. Unser schönes Geschäft, für das wir so großartige Pläne hatten, muss ich jetzt vermieten.
Jedes Mal, wenn ich denke: morgen ... fange ich wieder an zu weinen, so geht das die ganze Nacht.
Wenn er wenigstens gekommen wäre und alles, was er weggenommen hat, auf den Tisch gelegt und gesagt hätte: ›Lass uns nochmals neu anfangen‹, hätte ich mich überreden lassen. Von ihm.
Aber nein, was denke ich denn, ich kann in seinem jetzigen Zustand doch nicht mehr mit ihm zusammenleben.
Er müsste das Opfer bringen und in Behandlung gehen, dann hätte es einen Sinn, nochmals gemeinsam zu beginnen. Aber so?
Ich weine meine letzten Tränen aus mir heraus, der neue

Tag erhellt bereits das Zimmer und todmüde erhebe ich mich. Total erledigt beginne ich den neuen Tag.
Die Angestellte sagt, als sie mich sieht: »Oh je, heut' sehen Sie aber schlecht aus.«
Gerade heute, wo es auf alles ankommt. Tags darauf ist der Mietvertrag so gut wie unter Dach und Fach, obwohl es mir mitunter vorkam, als befänden sich alle Teilnehmer bei einem Hindernisrennen.
Hätten sich die Vertragspartner nicht als so hochkarätige Geschäftsmänner erwiesen, ich glaube, mein Zusammenbruch wäre unvermeidbar gewesen. Erstaunlich, welche Kraft einem angenehme Menschen übertragen können!
Während ich dies denke und mich gerade an meinem Schreibtisch ein wenig entspanne, betritt Bert das Geschäft. Die Bürokraft arbeitet nur vormittags, und die beiden Fahrer sind unterwegs, so bin ich ganz alleine. Strahlend betritt er das Büro, mit einem Rosenstrauß in der Hand.
»Uschi, du hast ja gestern einen so anstrengenden Tag gehabt, hast alles ganz alleine abgewickelt, dafür sollst du von mir die Rosen bekommen«, und er hält mir das Bouquet hin.
»Ach, Bert«, und Tränen kommen mir in die Augen.
Da fängt auch er an zu weinen, sieht mich an, streichelt und umarmt mich.
»Uschi, liebste Uschi, ich liebe dich so«, stammelt er.
»Lass' mich nur rasch die Rosen versorgen«, sage ich und suche eine passende Vase.
»Ach, nimm' sie doch mit nach Hause«, meint er.

»Nein, Bert, das sind vermutlich deine letzten Rosen, und die hast du fürs Geschäft gebracht, zum Abschied. Da sollen sie auch bleiben, als Gruß von dir.«
Ich stelle sie auf die Bar, am Eingang, wo wir früher, in guten Zeiten, meistens einen Blumenstrauß stehen hatten. Ich bin so fertig mit den Nerven, dass ich jetzt immer alles sage, wie ich es denke, so rührselig.
Als ich die Rosen versorgt habe und wieder das Büro betrete, sitzt er in einem Sessel und will mich zu sich herziehen. Aber ich wehre ab, sage: »Bert, wir leben doch jetzt in Scheidung, und wenn jemand reinkommt und uns so sieht, wie ich auf deinem Schoß sitze?«
»Ach, da kommt jetzt niemand«, meint er und will mich küssen. Dabei lacht er höchst vergnüglich.
Wenn der Spuk nicht gewesen wäre, der fürchterliche Spuk. Und nachher steht er auf und geht wieder, zu Bock, wo er ja jetzt wohnt. Das bringt mich radikal in die Wirklichkeit zurück und sofort stehe ich auf, setze mich wieder an meinen Schreibtisch und tue so, als würde ich weiterarbeiten.
»Willst du was trinken?«, frage ich ihn.
»Ja, gerne, ein Pils. Es stört dich doch nicht, wenn ich dabei rauche?«
Ich schenke ihm sein Bier ein und er zündet sich eine Zigarre an, schlägt die Beine übereinander und betrachtet mich wohlwollend.
»Ich muss dich eben mal wiedersehen, fünfzehn Jahre kann man nicht einfach auslöschen«, beginnt er.
»Wo warst du denn, neulich, mit deiner Mutter?«, frage ich ihn.

»Wo glaubst du wohl, bin ich gewesen?«
»In Ascona, Bert, da hast du uns gesucht.«
»Ja, ich war überall, wo wir beide schon waren, hab' lange die Fenster von unseren Zimmern angeschaut, die Hotels waren ja zu.«
Dann sagt er: »Und bei meinem Freund Eberli war ich auch.«
Das ist ein Maler, bei dem ich mal ein Stillleben malte, mit dessen Farben und Pinseln. Bert war damals sehr eifersüchtig auf ihn, obwohl ihm dann hinterher das Bild ganz gut gefiel. Von Freund war keine Rede, außerdem bezahlte er die Unterrichtsstunden. Ach ja, natürlich.
»Als wir heimfuhren, kam ein arger Schneesturm, oben auf dem Pass holten sie schon die Fahnen rein. Da machte ich, dass ich über die Grenze kam ...«
Armer Bert, ich sehe ihn an. Sofort steht er auf, als ob ihm irgendwas einfallen würde, vielleicht, dass hier ja kein Ort mehr für ihn ist? Und kalt und fremd verabschiedet er sich, verlässt schnell das Geschäft. Fix und fertig lässt er mich zurück.
Wenn er böse wird, bekomme ich wenigstens eine Wut auf ihn, aber so tut er mir noch am ärgsten weh. Kurz darauf ist er wieder verreist, zum Skilaufen ins Gebirge. Anscheinend macht er überall den Chauffeur. Bereitwillig wird eingestiegen.
Im Geschäft bin ich gerade dabei, den Ausverkauf vorzubereiten. Alles ist heruntergezeichnet, die Werbung läuft und am Sonntag mache ich Tag der offenen Tür. Den letzten.

Noch drei Wochen, bis dahin soll alles gelaufen sein. Alleine kann ich den Ausverkauf nicht machen, so habe ich unseren früheren Lehrjungen gebeten, sich vom Militär beurlauben zu lassen. Nur vier Wochen. Er ist bereit, verlangt aber dafür eine horrende Summe. Netto. Ich biete nicht mehr als die Hälfte bar auf die Hand und ohne zusätzliche Versicherung.
Er ist einverstanden. Doch als er kommt, um den Tag der offenen Tür zu machen, verlangt er sofort dafür einen Extralohn. Er ist der erste, der versucht, mich übers Ohr zu hauen. Bei Bert hätte er das überhaupt nicht gewagt, aber mit mir, einer Frau, kann man es ja probieren.
Ich muss Fuchs und Hase sein, denn ich werde beschwindelt und belogen, wo es nur geht.
Unsere Fahrer haben auf einmal so viel Arbeit, dass sie abends kaum vor 21 Uhr in den Hof fahren. Einmal ist es mir zu dumm und ich fahre zu den Kunden, wo sie gerade sein müssten. Doch kein LKW steht mehr da. Ich warte, bis sie endlich kommen. Erst als ich sage, dass sie seit zwei Stunden von dem Kunden weggefahren seien, antworten sie mir, dass sie eben noch auf ein Bier in ein Lokal gegangen wären. Schau an. Und schnell streichen sie ihre Stunden dafür wieder aus.
Der Verkauf lässt sich gut an. Als die meisten Männer jedoch merken, dass nur ich und der Junge das Sagen haben, versuchen sie, mir die Preise zu diktieren.
»Für zweitausend nehme ich die Polstergarnitur«, obwohl sie mit zweitausendfünfhundert ausgezeichnet ist. Anfangs lasse ich mich noch auf ein Geplänkel

ein, bis ich mich endlich durchsetzen kann; aber nach ein paar Tagen bin ich dieses Spiels müde und werde sofort direkt: »Wenn Ihnen dann der Laden hier gehört, dürfen Sie den Preis machen, aber vorerst gehört er noch mir.« Das wirkt.

Als ich wieder mal mitten in einem Verkaufsgespräch bin, steht plötzlich Bert da. Ich erkläre gerade der Kundin, dass ich diesen Kleiderschrank, wie sie ihn haben will, nicht am Lager führe.

»Natürlich haben wir diesen Schrank, entschuldigen Sie, Frau Sowieso, aber meine Frau kennt sich nicht aus.«

Dann geht er ins Büro, holt einen Katalog und zeigt der Dame den gewünschten Schrank. Diese will ihn aber gleich, und Bert hat mir früher immer eingetrichtert, nicht sofort mit dem Katalog anzurennen, lieber das, was am Lager ist, zu verkaufen.

»Wissen Sie, Herr Schray ...«, beginnt die Dame, da unterbricht Bert sie, sagt: »Hier, sprechen Sie mit meiner Frau, ich bin gekündigt worden.«

Jetzt ist es mir zu dumm, und ab heute schließe ich hinter jedem Kunden die Glastüre zu. Wenn einer eben rein will und ich es nicht gleich merke, muss er im Vorraum warten, bis ich öffne. Egal.

Zu Hause beginnt der Terror. Als Bert merkt, dass Bine bei meinen Eltern in Monningen ist, beschimpft er mich aufs Schrecklichste, droht mir und meinen Eltern mit der Polizei. In großer Unruhe verlasse ich morgens das Haus, wo ich inzwischen überall neue Schlösser anbringen ließ.

In Monningen fängt er Bine von der Straße ab, bringt sie dann geschwind ins Geschäft, wo ich gerade mit dem Steuerberater eine Besprechung abhalte. Sofort geht er auf diesen zu, sagt zu ihm: »Mit Ihnen war ich ja schlecht beraten, das sehe ich jetzt«, und bevor dieser antworten kann, geht er wieder. Bine würde er abends wiederbringen.

Darauf beantragt mein Anwalt eine einstweilige Verfügung für das Sorgerecht der Kinder.

Am Abend vor der mündlichen Verhandlung hierzu kommt Bert in die Wohnung, will mit fernsehen, und dann sagt er zu mir: »Morgen geht es los, Uschi, der Kampf zwischen uns beiden. Da wollte ich vorher nur noch mal kommen und dir alles Gute wünschen. Weißt du, ich kann nichts dafür, aber etwas ist in mir, dass ich von euch wegbleiben muss.«

»Ja, Bert, der Bock ist jetzt dein Leben geworden.«

»Ich kann nichts dafür, Uschi, aber so ist es. Er ist mein Freund ...«

»Gegen ihn hast du uns alle eingetauscht. Wenn du nur jetzt glücklicher bist, als vorher, dann bin ich beruhigt, ich wünsche es dir so sehr.«

»Oh, Uschi, du verstehst mich so gut«, und er zieht mich wieder auf seinen Schoß, fängt an zu weinen, ich mit, und so sitzen wir und trösten uns.

Vor Beginn der Verhandlung dann, die Kinder sind auch geladen, wird mir von meinem Anwalt der Scheidungsantrag meines Mannes ausgehändigt. Es ist ihm also auch ernst damit.

Ich habe ihn noch nicht zu Ende gelesen, da beginnt

auch schon die Verhandlung. Bert will das Sorgerecht für die Kinder und hat beantragt, es mir zu entziehen, da ich dafür nicht fähig sei.
Ich wäre seit meiner Operation nervlich krank und ein Kinderpsychologe solle begutachten, dass ich die Kinder falsch erziehen würde etc. ...
Der Richter geht gar nicht darauf ein, erteilt dem Bock wegen diesem »Mist« eine gehörige Abfuhr und überträgt bis zur endgültigen Scheidung auf mich das Sorgerecht.
Dann wird ein Mietpreis für das Haus angesetzt, der aber – wie mein Anwalt mir sagte – mit seinen Unterhaltszahlungen für die Kinder verrechnet werden würde.
Wie das Schicksal es will, treffe ich an diesem Tag eine frühere Bekannte, deren Mann seit einiger Zeit in einer Nervenheilanstalt behandelt wird. Wir verabreden uns zum Nachtessen in den »Grafen Urbach« und unterhalten uns über unser Schicksal.
Ich habe keine Ahnung, dass an diesem Abend ein Faschingsball stattfindet und bin ganz überrascht, als Herr Schlecht vor mir steht und fragt: »Darf ich dich zu einem Tanz entführen?«
»Nein, ich tanze nicht, du weißt, ich lebe in Scheidung.«
»Das macht doch nichts, komm, heut' ist Fasching, da will ich mit dir mal ne fesche Sohle aufs Parkett legen.«
Der erste von Berts Freunden, der mich testen will. Ich schicke ihn weg, später kommt er wieder, mit seiner Frau, und als ich ihm wieder einen Korb erteile, wird

auch sie sauer. So sauer, dass sie mich am nächsten Tag anrufen und mich aufs Fürchterlichste beschimpfen muss.

»Das ist ja das Gemeinste, was du machen konntest, Bert das Geschäft wegnehmen, mit dir sind wir fertig.« Das war ich schon am Abend vorher, sie hat anscheinend etwas lange gebraucht, bis sie das gemerkt hat. Gott sei Dank habe ich mich gleich gar nicht in Verhandlungen mit denen eingelassen, als sie für ihre Tochter und ihren Schwiegersohn ebenfalls das Geschäft mieten wollten. Was hatten wir bloß für Freunde in all den Jahren!

Drei Tage später, als ich gegen ein Uhr nach Hause komme, sind die Kinder bereits aus der Schule da. Bert kommt gerade aus dem Schlafzimmer, unter'm Arm meine Schmuckkassette.

»Was willst du denn mit meinem Schmuck?«, frage ich ihn.

»Ich möchte dir ein Geschäft vorschlagen, ich schenke dir den Schmuck und du mir das Oldsmobile.«

Mein Anwalt hat inzwischen den Bock zur Herausgabe des Oldsmobils aufgefordert, da dieser Wagen zum Inventar vom Geschäft zählt. (Jetzt müssen wir ihm in Gottes Namen auch mal was nehmen, wenn er alles an sich reißt, so geht's nun auch nicht.)

»Du kannst ihn doch behalten, zu dem Wert, wie er in der Bilanz steht«, entgegne ich.

»Gut«, sagt er, steht auf und marschiert schnurstracks an mir vorbei.

Das ging so rasch und ganz unvorbereitet kam ich in

die Szenerie hinein, dass ich mich erst jetzt, da er das Haus verlässt, wehre.
»Kinder, wer hat ihn denn reingelassen?«, schreie ich. Diese rennen hinter ihm her und rufen: »Lass' Muttis Schmuck da«, und »Dieb!«
Ich renne ihm nach, aber er steigt schnell in sein Auto und braust davon.
In aller Eile verzehren wir unser Mittagessen, dann fahre ich wieder ins Geschäft, wo inzwischen der Ausverkauf auf vollen Touren läuft. Dort erscheint er gegen 15 Uhr mit einer Plastiktüte. Aus dieser holt er zwei Ketten, die mir mein Vater mal schenkte, und legt mir eine Bescheinigung vor, auf welcher ich unterschreiben soll, dass ich meinen Schmuck erhalten hätte.
»Na, wie hat der Frau Bock mein Schmuck gefallen?«, frage ich ihn.
»Da weiß der Bock nichts davon, der Schmuck ist in Sicherheit«, entgegnet er.
Ich sage ihm, dass ich jetzt gerade Kundschaft bedienen müsse und auch nichts unterschreiben würde. Er will sich das Verkaufsgespräch anhören, verliert aber schnell die Geduld und verschwindet.
Da ich die Türklingel, die beim Verlassen des Geschäftes bimmelt, nicht höre, gehe ich nach vorne ins Büro, um nachzusehen, wo er ist.
Er spricht gerade ins Telefon: »Du, die unterschreibt nicht.« Aha, wütend komme ich her und drücke die Gabel aufs Telefon.
»Raus, sofort raus«, rufe ich und muss mich beherr-

schen, dass ich ihm nicht mein Auftragsbuch an den Kopf werfe. Da nimmt er seine Plastiktüte und eilt davon.

Endlich kommt der Sonntag, von dem ich mir etwas Ruhe erhoffe. Aber weit gefehlt. Ich bereite gerade im Bademantel das Frühstück, da klingelt es. Ein Herr Lebold meldet sich, er wünsche mich dringend zu sprechen. Da ich keinen Herrn Lebold kenne, frage ich ihn, in welcher Angelegenheit.

»Frau Bock ist meine Tochter, und ich möchte mit Ihnen sprechen!«, fordert er.

»Ich weiß nicht, was ich über Frau Bock zu bereden hätte«, erkläre ich ihm.

»Das werde ich Ihnen dann schon sagen, bitte, öffnen Sie mir.«

Ich erkläre ihm, dass ich noch im Bademantel bin und an einer Unterredung mit ihm kein Interesse hätte.

»Ich möchte aber Ihr Gesicht sehen! Ihre Stimme habe ich jetzt gehört und weiß, dass Sie es sind, die mich nachts anonym anruft und mir ganz gemeine Dinge sagt. Hundsgemeine Dinge!«

Schon wieder einer, der mich gemein findet.

»Gehen Sie doch zur Polizei, wenn Sie wissen, dass ich das bin, müssen Sie mich anzeigen!«, rufe ich in die Sprechanlage.

»Nein, ich gehe zu Ihrem Anwalt, wie heißt der denn und wo wohnt er?«

Ich nenne ihm die Adresse.

»Und Ihr Mann, der in meiner Wohnung bei meiner Tochter wohnt, wann zieht der endlich wieder aus?«

»Das müssen Sie schon Ihren Schwiegersohn, Herrn Bock, fragen, der hat ihn in Quartier genommen. Ich lebe mit meinem Mann in Scheidung.« Damit hänge ich ein.

Schnell renne ich zum Fenster, um mich davon zu überzeugen, dass ich dieses Gespräch mit einem Menschen und keinem Geist geführt habe.

Da sehe ich einen älteren Mann mit ganz normalem Aussehen auf die andere Straßenseite gehen, in einen hellen Mercedes mit auswärtiger Nummer einsteigen und wegfahren. Sowas. Wie kommt denn dieser Mensch dazu, mir derartige Dinge zu sagen?

Gerade, als ich mich vom Fenster abwenden will, fährt Bert vor, schaut sich suchend um, wendet und fährt wieder weg. Ach so, wäre ich nicht mehr im Bademantel, sondern bereits angezogen gewesen und hätte den »Geist« hereingelassen, wäre Bert gekommen, hätte sich mit dessen Hilfe Einlass verschafft und zu zweit hätten sie dann versucht, mich fertig zu machen. Im wahrsten Sinne des Wortes. Verrückt soll ich werden, so wie sie!

Aber das ist ihnen bis jetzt nicht gelungen und wird ihnen in Zukunft auch nicht gelingen. Da ist bei mir nichts drin, rein gar nichts. Gott sei Dank! Im Gegenteil!

Je mehr versucht wird, mich nervlich schwach zu machen, umso stärker werde ich. Endlich habe ich etwas ungemein Starkes in mir entdeckt, in meinem von Natur aus schwächlichen Körper, auf das ich stolz sein kann.

Zwei Tage später ruft mein Anwalt an. Ein Herr Lebold hätte ihn aufgesucht, doch den könne ich glatt vergessen, der hätte im Krieg einen Kopfschuss erhalten und spiele zeitweise verrückt. Total verrückt.
Darum hat der Bock also vor mir erkannt, dass Bert krank ist! Dann habe ich also doch Recht gehabt, dass alle um mich herum verrückt sind? Mein Gott, ich habe ja keine Ahnung, wie viele Verrückte es gibt. Das ist ja furchtbar.
Wenn sich so zwei zusammentun, können sie einen Gesunden, der keine Ahnung davon hat, ebenfalls verrückt machen. Sofern er nervlich nicht mit einer eisernen Konstitution gesegnet ist, und vielleicht von Natur aus schon Komplexe hat. Und jeder schaut zu, so wie bei mir!
Der Auszug aus dem Geschäft beginnt. Sämtliche Bücher der vergangenen zehn Jahren nehme ich mit nach Hause. Dann wird das Lager entrümpelt, der Heizraum und zum Schluss die Büroräume.
Die letzte Woche ist angebrochen. Die neuen Inhaber kommen und gemeinsam wird Inventur gemacht. Dabei wird die inzwischen sehr lückenhafte Ausstellung wieder kauffreudig zusammengestellt. Es geht drunter und drüber.
Neue Ware wird angeliefert, verkaufte abgeholt, Kunden wollen zum Sensationspreis noch rasch einkaufen, jeder arbeitet auf Hochtouren. Auch die beiden neuen Chefs. In Hemdsärmeln heben sie Schränke hoch, ordnen die Ausstellung und das Lager, fahren neue Ware her, andere weg, schicken die Arbeiter zum

Essen, während sie selber ohne Pause weiter machen. So arbeiten nur Menschen, die gesund sind, muss ich denken. Wann war Bert noch gesund? An diesem Beispiel gemessen ist er schon lange krank. Und ich bin in diese Umwandlung mit hineingeraten, erst heute habe ich den Vergleich mit anderen Männern in seinem Alter anstellen können. Früher habe ich oft bei mir im Stillen gedacht, Frauen arbeiten alle mehr als die Männer. Aber das stimmt nicht, ich bin immer nur von mir aus gegangen.
Doch bald bekomme ich es ruhiger, in ein paar Tagen. Dann bin ich »nur« noch Hausfrau, kann mich eingehend um die Kinder kümmern, mich selber erholen. Ein bisschen Buchhaltung wird mir noch bleiben, später. Das nächste halbe Jahr wird schon noch ins Land gehen, bis alle Geschäftsvorgänge abgelaufen sind und restlos alles abgewickelt ist. Der Übergang wird also langsam stattfinden, das beruhigt mich. Und dann sieht man weiter.

Ein wunderschöner Frühling zieht ins Land, doch ich habe kaum Augen für ihn. Mein häusliches Leben mit den Kindern beginnt wieder und zu all unseren früheren Freunden und Bekannten habe ich jeglichen Kontakt verloren.
Fast fürchte ich mich vor den notwendigen Einkäufen in der Stadt, denn ich habe den Eindruck, dass alle Welt mir aus dem Wege geht. Ich spüre direkt die Blicke in meinem Rücken und höre die Stimmen flüstern. Werden sie sich für oder gegen mich entscheiden?

Ich bin jetzt nämlich die Böse von Urbach geworden, die ihrem Mann die Existenz genommen hat. Einfach so, aus einer Laune heraus. Meine Schwiegermutter und die übrigen Schrays sorgen dafür, dass die Leute das auch richtig verstehen.

Die, welche mich bisher noch nicht gekannt haben, kennen mich jetzt auch, ich bin bekannt wie ein bunter Hund. Je wärmer die Tage werden, umso müder fühle ich mich. Ich ertappe mich immer öfters bei dem Gedanken, für immer dieser Unbill zu entfliehen.

Jetzt, da alles von mir abgefallen ist, die Hetze, das Geschäft und die Versorgung eines Mannes, finde ich alles so sinnlos. An manchen Tagen kostet es mich eine ungeheure Überwindung, das Haus in Ordnung zu bringen. Wozu auch? Für mich? Das lohnt sich nicht. Für die Kinder? Die merken es kaum. Nur meine Bine scheint wieder alles zu merken.

»Mutti, leg' dich hin, ich räume den Tisch ab«, sagt sie nach dem Mittagessen, oder sie fragt sehr eifrig nach dem Speisezettel, und egal, was ich ihr antworte, sie macht dabei die reinsten Freudensprünge und ruft: »Toll, so was Leckeres!«

Sie lässt mich einfach nicht fallen, instinktiv scheint sie die Gefahr zu spüren.

Trotzdem, einmal, ich habe gerade erfahren, dass Bert jetzt bei seinem Freund Bock ausgezogen ist und bei anderen Leuten zur Untermiete wohnt, meine ich es nicht mehr auszuhalten und gehe noch einmal zu unserem Hausarzt, Dr. Altbauer.

Ganz unverblümt sage ich zu ihm: »Wenn Sie jetzt

meinen Mann nicht bald wegbringen, können Sie mich einweisen, dann ist allen am besten gedient, mir, meinem Mann und vor allem meinen Kindern.«
Doch er sieht mich nur erstaunt an, sagt: »Ja, bei Ihnen ist ja jetzt die Scheidung im Gange und es geht, wie ich höre, um viel Geld, da kann ich nichts dran ändern.«
Zum letzten Male, dass dieser Mensch mich wütend macht. So wütend, dass ich finde, der ganze Skandal muss an die Öffentlichkeit kommen. Und zwar unter vollem Namen. So beginne ich mit dem Niederschreiben der ganzen Geschichte, von Anfang an. Sowie ich die ersten Kapital hinter mich gebracht habe, fühle ich mich langsam wieder kräftiger werden.
Und wenn ich jetzt zum Einkaufen gehe, machen mir die Blicke der »Gegner« fast gar nichts mehr aus. Bald werden sie eine solche Geschichte zu lesen bekommen, wie sie noch keine gelesen haben, dann können sie ihr Urteil fällen. Und ab sofort gehe ich freundlich lächelnd durch die Straßen.
Irgendwie scheint Bert von meinem wiedergewonnenen Selbstbewusstsein Wind bekommen zu haben, jedenfalls beginnt er jetzt mit Repressalien. So stelle ich eines Tages fest, dass mein Telefon tot ist. Nun ja, es muss eben repariert werden, so bestelle ich den Störungsdienst. Doch als dieser dann erscheint, erfahre ich, dass der Anschluss abgeklemmt wurde. Von Herrn Bert Schray, denn diesem gehöre das Haus und somit auch der Anschluss. Es dauert eine Woche, bis ich meinen eigenen Telefonanschluss erhalte.
Dann erfahre ich von meinem Anwalt, dass jetzt nicht

mehr Herr Bock aus Urbach, sondern ein Herr Dubbe aus Recklingen sein Bevollmächtigter ist. Nun gut, man wird sehen. Das sind alles Kleinigkeiten gegenüber dem, was ich vorher mitgemacht habe, denke ich, und von denen lasse ich mich jetzt nicht mehr kleinkriegen.

Doch weit gefehlt. Das größte Bankinstitut von Recklingen ruft an, bittet zuerst mündlich und ein paar Tage später schriftlich um einen Termin zur Hausbesichtigung. Dann steht Bert vor der Tür, bietet mir unser Haus zum Kauf an, aber zu einer horrend hohen Summe, wie ich es nie kaufen kann.

Da ich für ihn als Interessent also nicht in Frage komme, sucht er andere, bietet einigen finanzkräftigen Geschäftsleuten von Urbach sein Haus an.

Dann läutet in einer Tour das Telefon.

»Stimmt es, dass Sie Ihr Haus verkaufen? Bitte, geben Sie mir einen Termin, ich habe Interesse daran.«

»Wie viel wollen Sie für Ihr Haus?«

»Wann ziehen Sie aus?«

So geht es von morgens bis abends. Dabei verweise ich alle Anrufer an Herrn Bert Schray, von dem ich aber keine genaue Adresse habe, da er sie mir nie mitgeteilt hat.

Kurzentschlossen buche ich über die Osterferien für die Kinder und mich einen Urlaub im Tessin. Dann können mir die ganzen Hausinteressenten den Buckel runter rutschen, einschließlich der Bank. Außerdem glaube ich, dass wir alle einen Urlaub redlich verdient haben.

Mit gutem Gewissen reisen wir also nach Lugano in ein Nobelhotel.
Doch als ich mich an der Rezeption eintrage und der Empfangschef meine Anmeldung liest, sagt er: »Urbach? Ah ja, von diesem Ort sind schon zwei Herrschaften da.«
Mir bleibt fast das Herz stehen. Es wird doch um Gottes Willen nicht Bert mit seiner Mutter oder irgendjemand anderem sein?
»Zwei ältere Damen, wollen Sie die Namen wissen?«
Da schlägt mein Herz wieder weiter und der Herr im schwarzen Anzug lächelt mich freundlich an. Überhaupt lächeln mich hier alle freundlich an. Die Menschen sind alle so nett zu mir, ich weiß gar nicht, warum. Die Kinder werden ganz offensichtlich bewundert, und ich erhalte von überallher Komplimente über ihre gute Erziehung.
Abends, nach dem Dinner, als man noch ein bisschen gemütlich im Salon sitzt, werden wir fast immer an einen anderen Tisch eingeladen. Mal zu Herrschaften aus der Schweiz, mal zu einem älteren Hamburger Ehepaar, welches mit seiner Tochter, einer Ärztin, hier ist, oder zu einem Musikprofessor mit Gattin aus Wiesbaden. Ich erlebe sehr nette Menschen und einen neuen, sehr angenehmen Lebensstil.
Am Ostermorgen stehen für meine Kinder außer denen vom Hotel noch viele extra Osternestchen und Häschen auf ihren Plätzen, die Urbacher Damen sind auch unter den Spenderinnen. Die Kinder fühlen sich so wohl wie noch nie in einem Urlaub.

Und ich selber erlebe ihn in einer Art Betäubung. Herausgerissen aus meiner bisherigen Bahn und noch nicht hineingeworfen in die zukünftige. Ich bin in einem Vakuum. Das fühle ich ganz deutlich. Nichts, wonach sich meine Gedanken richten könnten, ist mir geblieben. Nur meine Kinder und die Lust zum Malen. Hier kommt sie wieder, und ich bereue es, dass ich keine Farben und Pinsel mitgenommen habe. So sauge ich alles, so tief es geht, in mich auf. Die Ruhe, die Landschaft, nur die Menschen nicht, so nett und bemüht sie alle um mich sind. Aber es ist niemand darunter, der mich überhaupt interessieren könnte.

Das stimmt mich, wenn ich an meine Zukunft denke, etwas traurig. Ist es der dornige Weg, den ich ihnen voraus habe oder bin ich am Ende neidisch auf ihr in geordneten Bahnen verlaufendes Leben? Nein, ich glaube, das bestimmt nicht. Schließlich haben viele Menschen den Krieg mitgemacht, durch ihn Angehörige und Hab und Gut verloren und sind auch wieder glücklich geworden. Ist es vielleicht so wie mit dem Frühling und der Liebe? Beides vergeht, und wächst trotzdem wieder nach?

Als wir von Lugano zurückkommen und ich an das Haus herfahre, steht Bert mit seinem Wagen davor. Unwillkürlich trete ich auf die Bremse. Wird jetzt wieder mit einem Schlag vernichtet, für was ich vierzehn Tage gebraucht habe?

Zitternd fahre ich vor die Garage, die Kinder und ich klammern uns noch etwas am Auto fest, langsam steigen wir aus. Sehr erfreut kommt er auf uns zu, ich grüße ihn lediglich, kümmere mich nicht weiter um ihn, da will er mir die Koffer abnehmen.

»Das kann ich schon selber.«

»Aber nein, wieso denn, das habe ich doch immer gemacht!«, entrüstet er sich. Dann nimmt er Bines Koffer und trägt ihn vor die Haustüre. Ich beginne sofort auszupacken, während Bine zu ihrem Vater auf die Terrasse geht. Die Großen räumen ebenfalls ihre Koffer aus.
Bald sind wir fertig und er ist immer noch auf der Terrasse. So hole ich mal das Brot aus der Kühltruhe, damit es auftauen kann, beginne dann den Tisch für das Abendbrot zu decken. Das ist sonst nicht üblich gewesen. Immer, wenn wir abends vom Urlaub nach Hause kamen, gingen wir gemeinsam zum Nachtessen aus. Darauf wartet er jetzt. Aber er hat sich getäuscht, wir gehen nicht.

»Das könnt ihr doch nicht essen, das ist ja alles verschimmelt!«, ruft er durch die Balkontüre herein.

»Nein, Bert, das ist nicht verschimmelt, das taut nur auf.«

Ganz entgeistert schaut er mich an. Aha, denkt er, schon wieder hat sie mich an der Nase herumgeführt.

»Warum habt ihr mir denn nicht gesagt, wo ihr hinfahrt, dann wäre ich auch gekommen!«

Ja, eben darum!

Da sich außer Bine niemand weiter um ihn kümmert, geht er wieder. Ach, wären wir doch für immer in Lugano geblieben, das wäre das Beste gewesen. So beginnt wieder alles von vorne oder hört nie auf, wie man will.

Doch ich nehme mir fest vor, mir die vergangenen Tage nicht so schnell kaputtmachen zu lassen, egal, was auch geschieht. Der Frühling steht in seiner schönsten Pracht und wir machen für jedes Wochenende andere Pläne. Ich freue mich an der Natur und sie inspiriert mich zum Malen.
So wird die Hausarbeit wieder zur Nebensache und die Tage sind randvoll ausgefüllt.
Mitte Mai werde ich zur Neueröffnung des Möbelgeschäfts eingeladen. Ich lasse einen herrlichen Blumenstrauß schicken und begebe mich am Spätnachmittag zu dem Empfang in unser ehemaliges Geschäft, in dem ich so viel gearbeitet und so vieles erlebt habe.
Es ist umwerfend und nicht mehr wiederzuerkennen, so prächtig wurde es innen umgestaltet. Die neuen Inhaber lassen es sich nicht nehmen, mir alles selber zu zeigen. Und als sie mich fragen, wie es mir gefalle, wie ich es finden würde, verliere ich die Beherrschung und fange an zu weinen. »So schön, so schön haben Sie es gemacht, dass ich es Ihnen gar nicht sagen kann. Genauso, wie ich es immer haben wollte.«
Es tut mir leid, ich lasse sie einfach stehen und gehe alleine durch die Ausstellung. Nachher, als ich mich wieder gefangen habe, und ich genauso stolz wie sie die Honoratioren von Urbach begrüße, sehe ich kein Mitleid, sondern Achtung in ihren Augen. In diesem Augenblick wünsche ich mir, dass diese gegenseitige Achtung nie vergehen möge. Wenigstens bei ihnen nicht, denn ich habe sie so nötig.

Es ist Himmelfahrt, Vatertag. Das Wetter ist herrlich, abgesehen von dem noch etwas kalten Wind, und ich beschließe, mit den Kindern eine Wanderung zu machen. Früher sind wir immer ins Lahntal gefahren, mindestens einmal im Jahr sind wir dort gewesen, und mir fällt einfach nichts Besseres ein. So wollen wir eben wie üblich wieder dorthin fahren.
Um zehn Uhr soll Abfahrt sein. Anni hat ihre Freundin dazu eingeladen und mir ist es recht. Wir sitzen gerade beim Frühstück, als ich höre, wie ein Auto vor dem Haus hält. Natürlich Bert.
Schnell eile ich ins Bad, denn ich will nicht, dass er mich im Nachthemd sieht, vielleicht, weil er mich darin immer am liebsten gesehen hat?
Bine kommt herein und fragt, ob Vati rein darf.
»Natürlich, dann kannst du ihm auch gleich dein Vatertagsgeschenk geben.«
Sie brachte nämlich ein Päckchen vom Kindergarten für ihn mit. Ich bin gerade damit fertig, mich anzuziehen, als Bert an die Badezimmertür klopft. Strahlend steht er da und gibt mir ganz selbstverständlich einen Kuss.
»Guten Morgen, so, ich höre, ihr wollt eine Wanderung machen? Darf man fragen, wohin?«
»Ins Lahntal. Und du, was hast du vor?«
»Och«, er hebt die Schultern und schüttelt den Kopf, »ich würde ja gerne mit euch gehen, wenn ich darf?«
»Von mir aus gerne, nur habe ich jetzt nicht so viele Würste zum Grillen dabei, aber es wird auch so gehen.«

Er fragt, welche Strecke ich fahre, und er will dann irgendwo mit seinem Auto auf uns warten. Er freut sich sehr, und schnell eilt er davon, denn er will sich noch anders anziehen. Irgendwie bin ich froh, dass er mitkommt, dann ist er nicht so alleine, denn anscheinend will ihn heute keiner haben. Kaum haben wir die Albhochfläche erreicht, sehen wir auch schon seinen Wagen parken, hupend überhole ich ihn und er fährt hinterher. Später, als eine Umleitung kommt, fährt er zügig vor und weist uns den Weg.

Natürlich hält er an unserem alten Stammplatz, und keine Frage, wir gehen dieselbe Route wie in den vergangenen fünfzehn Jahren. Nur, dass er eine Tüte mit seinem Essen mit sich trägt, während die Kinder unsere Wegzehrung in den Rucksäckchen tragen.

Der Großen ist es wahrscheinlich nicht so recht, dass er mitmarschiert, die Mittlere ist neutral, sie ist es wie ich noch nicht anders gewohnt, und Bine schlägt auf dem Grasweg vor uns Purzelbäume, so freut sie sich.

Das Bild würde stimmen, wenn wir nicht in Scheidung leben würden. Fast vergessen wir es für diesen Tag. Um die Mittagszeit suchen wir Platz für eine Feuerstelle. Da sehr viele Menschen das Lahntal durchwandern, wollen wir etwas abseits gehen. Schließlich finde ich eine gute Stelle, direkt am Ufer der Lahn. Die Kinder sammeln Moos und dürre Zweige, während Bert die schwereren Äste herbeischleppt.

Im Nu ist das Feuer entfacht, und als auch noch jeder eine schön gespitzte Rute für die Würste von Bert erhält, wird Mahlzeit gehalten.

Wie in den vergangenen Jahren, nur .... er packt sein Essen jetzt nicht mehr aus unserem Rucksack aus, sondern aus seiner Plastiktüte, die er für sich mitgebracht hat. Es tut mir in der Seele weh. Während des Essens, ich schaue öfters mal zu ihm rüber, ist er sehr ruhig und isst sein Brot. Was er wohl jetzt denkt? Er sitzt zwar unter uns, aber er ist für sich alleine, jetzt, im Moment. Ausgeklammert. Er ist traurig, so traurig. Und er tut mir so leid.

Später, als wir das Feuer löschen und ich zur Lahn gehe, um meine Hände zu waschen, fällt es mir wieder ein. Hier, an derselben Stelle, nur am anderen Ufer, bin ich mal mit ihm gesessen, es war ein so warmer Tag, dass ich meine Beine ins Wasser gehängt habe. Damals waren wir noch nicht verheiratet. Ach, was waren wir uns da über alles einig. Machten Pläne für die Hochzeit. Und jetzt?

Als ich zurückkomme, ist auch er aufgestanden, schaut ans andere Ufer und sagt: »Weißt du noch? Hier hast du mal deine Schuhe ausgezogen, so warm war es, und bist mit den Füßen im Wasser gestrampelt.«

»Ja, Bert, genau da drüben, an den zwei Bäumen habe ich die Stelle wiedererkannt, die waren damals noch ganz klein und ich dachte, die zwei Bäumchen nebeneinander musst du dir gut merken.«

»Es war erst März damals, aber wärmer als heute, das ist schon lange her.«

»Ja, genau sechzehn Jahre, wir waren noch nicht verheiratet.«

Er sieht mich an und seine Mundwinkel gehen etwas

nach unten. Meine wahrscheinlich auch. Die Kinder lenken uns ab, hauptsächlich Bine, und bald ist sie wieder an seiner Hand und so marschieren wir weiter. Ich sammle Blumen, aber er wartet, bis ich komme.
Früher habe ich ihm die gesammelten Blumen gebracht und mich für den schönen Tag, oder irgendetwas, das mir gerade einfiel, bedankt. Heute behalte ich sie, mache ein Kränzchen aus ihnen und werfe es wie die Kinder ins Wasser.
Einmal höre ich, wie er sagt: »Ach, Urbacher kommen da vorne.«
Aber mir ist es egal, ich geniere mich nicht, und er tut mir leid, dass er jetzt meint, dafür einen Grund zu haben. Was gehen mich die andern an, Hauptsache, es geht ihm gut und er ist hier. Bei uns. Es ist alles so harmonisch, er fühlt sich wohl inmitten seiner Kinder, den vertrauten Gesichtern.
Später setzen wir uns ans Ufer der Lahn, die Kinder spielen um uns herum, bewerfen uns mit Kletten, und er küsst mich. Ach, es wäre alles so schön, wenn das Unbekannte nicht gewesen wäre, oder ist es noch da? Ich weiß es nicht, doch mir ist er heute nicht fremd, überhaupt nicht, ich liebe ihn wie eh und je. Trotzdem gibt es keinen Schritt zurück, das spüre ich. Und das macht mir so das Herz schwer.
Er spricht so vertraut mit mir, so vertraut wie eigentlich noch nie.
»Weißt du, beim Essen, da habe ich gedacht, wir sind uns doch etwas fremd geworden. Wenn man sich so lange nicht sieht. Ich würde ja gerne wieder zu euch

zurückkommen, aber ich weiß nicht, ob das geht. Ach, Uschi, was meinst denn du?«

»Die Zeit wird alles bringen, Bert. Schau, ich habe viel mitgemacht in den letzten Monaten und bin total fertig, seelisch und körperlich, glaub' mir. Vorerst weiß ich nur eines, dass ich ganz meine Ruhe brauche, um mich von allem erst zu erholen.«

»Du sollst ganz deine Ruhe haben, ich mache alles wieder gut. Für dich und die Kinder tue ich alles. Ich bin durch die Hölle gegangen, manchmal wusste ich überhaupt nicht mehr, was ich hier auf der Welt zu suchen hätte. Aber jetzt, da ich wieder ein Ziel habe, gebe ich nicht auf. Nur, was ich mitgemacht habe, mache ich nicht mehr mit, dann mache ich lieber Schluss. Doch ich hoffe, dass es auch für uns wieder einen gemeinsamen Weg gibt. Du weißt, ich kann warten. Ich habe schon mal auf dich gewartet, und ich warte wieder auf dich.«

Ich lasse ihn reden und lehne mich an ihn. Das tut so gut, so gut. Und dann erzählt er mir genau all das, wie ich es mir gedacht habe. Dass, als es ihm so schlecht ging, er als erstes dem Bock eine Vollmacht unterschreiben musste, dass dieser – falls ihm was passierte – über sein gesamtes Vermögen verfügen könne. Erzählt auch, dass es in dessen Ehe, während er dort logiert hatte, zu großen Schwierigkeiten kam – auch hier stimmte meine Vermutung, und vieles mehr.

Zum Schluss höre ich gar nicht mehr so genau zu und überlege nur noch, ob er jetzt wirklich auf dem Wege der Besserung ist und ob dies alles nicht doch nur durch die Angst um mich und die Stresssituation ausgelöst worden ist.

»Erzähl' mir nichts mehr, Bert, ich weiß alles ganz genau und habe es immer gewusst, nur, mir hat das niemand geglaubt. Und ich wusste auch, dass du nach meiner Operation geglaubt hast, ich würde sterben. Ich habe ja schlimmer ausgesehen als der Tod. Du bist an meinem Bett gesessen, konntest mir einfach keine Kraft geben. Jetzt weiß ich, weshalb, weil du mich damals für verloren hieltest.«

»Uschi, als ich dich sah, bekam ich, glaube ich, einen Schock. Ich saß da und konnte mich nicht regen. Und nicht sprechen, mir fiel einfach nichts ein. Oh Gott, Uschi, was ich da durchgemacht habe, und ab da war es aus mit dem Schlaf. Zehnmal in der Nacht bin ich im Bett hochgefahren, habe immer nur dich gesehen. Und die Angst, die Angst, was am Morgen wäre. Und wie es dann nicht aufgehört hat zu bluten. Ich bekam erst wieder Kraft, als ich sah, dass das Bluten nachließ, Da ging's mir besser. Da fiel mir endlich der Stein vom Herzen, glaub' mir.«

»Und später gingst du zu dem Nervenarzt, bekamst Arznei, und er sagte, du würdest dich sogar neben der Arbeit erholen. Das hat voll die letzte Schleuse geöffnet und dir die ganze Kraftreserve rausgeholt. Und dann war's aus, patschaus. Im November hättest du in Urlaub, zur Erholung gehört.«

»Ja, aber Uschi, da sah ich das schon nicht mehr ein. Ich war so im Element, und dann dachte ich an dich, dass ich dir doch nicht alles überlassen könnte.«

»Dann hätten wir eben nicht so viel Umsatz gemacht oder das Geschäft geschlossen.«
»Aber Uschi, das sieht man erst hinterher, und ich bin jetzt wirklich froh, dass ich das Geschäft nicht mehr habe. Das Theater jeden Tag könnte ich nicht mehr ertragen, und ständig den Ärger, das möchte ich nicht mehr mitmachen, so fühle ich mich wohler.«
»Aber das hätte man doch alles ändern können, das lag doch an uns, das zu ändern.«
»Ja, wir hätten mehr Leute einstellen sollen. Jede kleine Klitsche hat Verkäufer und Verkäuferinnen, und wir?«
»Wir wollten alles, und ganz schnell. Und dann noch dein Spekulieren, das trug auch dazu bei. Du wolltest auf jedem Gebiet den größtmöglichsten Gewinn erzielen.«
»Noch ist nicht alles verloren, Uschi. Wenn das, was ich vorhabe, klappt, baue ich eine große Halle hin ...«, und er ergeht sich in kühnsten Vorplanungen.
So ist er, will das, was er sagt, unbedingt erreichen, aber er wird es nicht mehr können. Mich täuscht er nicht. Wo war die Grenze, hat er sie eben erreicht oder schon übersprungen? Es schwingt irgendwo ein Pendel und man weiß nie, ob und wie es ausschwingt. Hin zur Grenze, weg von der Grenze oder über die Grenze? Ohne Vorwarnung beginnt es auszuschlagen, oder braucht's doch einen winzigen Anstoß? Redet er aus Gewohnheit diese Dinge daher, aus der Oberfläche oder aus der Tiefe?
Seine Augen sind anders, sie funkeln mir ein Stroh-

feuer vor. Und an diesem Strohfeuer will er sich selber entfachen. Er, der so viel Kraft hatte und mit ihr alles durchsetzte, lässt nicht nach und strengt sich so an, er will es auch diesmal schaffen, meint, dass es ihm gelänge. Ich wünsche es ihm so, da ich sehe, wie er sich abmüht.

Vielleicht hat er recht, aber warum will er sich dabei nicht helfen lassen? Ist es sein Urinstinkt, der ihm sagt, dass er sich doch geschlagen geben muss? Eine Zeitlang? Immer hat er auf mich gehört, vielleicht hört er auch heute wieder auf mich.

»Bert, ich kenne dich ganz genau, viel besser, als du dich selber. Ich weiß, dass du immer in allem der Größte sein willst, aber warum willst du denn auf jede Hilfe verzichten? Du brauchst Hilfe, anders wirst du es nicht schaffen. Bitte, geh' in irgendein Sanatorium, geh' zu dem Arzt in den Schwarzwald, den dir der Neurologe empfohlen hat, nur so können unsere Wege wieder zusammenfinden, anders gehen sie unweigerlich auseinander. Und der Leidtragende wirst nicht nur du, sondern werden auch unsere Kinder sein. Lass' dir helfen, mir zuliebe, bitte! Schau, mir musste man den Bauch aufschneiden, damit ich wieder gesund werde, ich ging ganz nah am Tod vorbei, dieses Risiko ist bei dir überhaupt nicht drin. Ich verstehe einfach nicht, warum du dich so sträubst, mit allen Mitteln.«

»Uschi, ich verspreche dir, ich gehe in das Sanatorium, ganz bestimmt, ich will selber wissen, was mit mir los war, aber jetzt muss ich erst mal arbeiten, meine Halle

herrichten, die Handwerker kommen nächste Woche, und wenn dann alles fertig ist, mache ich Urlaub und lasse nach mir schauen, ganz bestimmt.«
Er wird nicht gehen, er macht mir nichts mehr vor.
»Auf jeden Fall kannst du ganz beruhigt sein, egal, was passiert, ich werde die Kinder weiterhin so wie bisher in unserem Sinne erziehen, sie werden die bestmöglichste Ausbildung bekommen, außerdem weißt du, dass ich in jeder Beziehung meinen Mann stehen kann, das wird dir doch auch eine Beruhigung sein, oder?«
»Ich bin ja auch noch da, ich vergesse meine Kinder nie, und ich werde wieder für sie arbeiten, dann wird's euch wieder gut gehen, ich habe jetzt Silber gekauft, das ist die beste Kapitalanlage ...«
Nein, nein, oh Gott, es wird doch nicht noch mal das Gegenteil von alldem, was er jetzt sagt, eintreten. Ich schiebe meinen Stuhl zurück, denn wir sitzen inzwischen zu Hause auf unserer Terrasse, ich habe ihm einen Kaffee gekocht und es geht bereits auf den Abend, stehe auf und beginne den Tisch abzuräumen. Bine setzt sich auf seinen Schoß und fragt: »Papi, bleibst du heute da, wieder bei uns?«
»Nein, ich muss wieder gehen, aber ich komme bald wieder ...«
So höre ich sie noch ein Weilchen reden, dann zündet er sich wieder rasch eine Zigarette nach der anderen an, und als er sie alle halb aufgeraucht hat, geht er, ganz plötzlich, und ohne sich von mir zu verabschieden. Eigentlich müsste ich jetzt weinen, aber meinen Tränen fehlt das Wasser. Vertrocknet, leer, ausgemer-

gelt brennen sie in meinen Augen. Wie lange werden sie wohl noch brennen?
Manchmal weiß ich überhaupt nicht mehr, wie es weitergehen soll. Wenn ich doch nur einen Blick in die Zukunft werfen könnte, wie viel wäre mir da geholfen. Nimmt das Drama ein Ende, ein gutes, oder nimmt es kein Ende oder gar ein schlechtes?
Manchmal träume ich, Bert und ich säßen in Ascona auf einer Terrasse oberhalb des Lago Maggiore, haben alles Vergangene und Böse abgeschnitten und würden in grenzenlosem Vertrauen, das durch nichts mehr erschüttert werden könnte, unseren Lebensabend genießen. Aber das ist wohl ein Wunschbild, das versucht, sich nachts in meine Gedanken einzuschleichen. Doch nichts ist unmöglich, wer weiß?
Manchmal wieder denke ich, wenn er mich mit allem so weiternervt, müsste ich schleunigst meine Haut retten und davonrennen, das wäre das Richtige. Erst neulich erzählten mir meine Nachbarn, Bert hätte sie gefragt, ob sie nicht auch meine Liebhaber gesehen hätten, die morgens zum Schlafzimmer rausgesprungen wären.
Eine Bekannte von mir, die seit zwei Jahren geschieden ist, hat vor ein paar Wochen wieder geheiratet. Und all ihre Probleme und Eifersüchteleien durch ihren früheren Ehemann nahmen abrupt ein Ende. Jetzt, da sie die Schläge besser verkraftet hätte, bekam sie keine mehr. Vielleicht ist das die einzige Lösung.
Aber da sehe ich keinen Lichtblick, absolut nicht. Wer will sich schon drei Kinder aufhalsen, und mich dazu.

Und wenn ich ganz ehrlich zu mir sein will, auch ich will mir – glaube ich – keinen Mann mehr aufhalsen. Außerdem will ich ganz einfach nichts mehr investieren, keine Kraft mehr, keine Liebe und schon gar keine Selbstaufopferung.
Dieser Optimismus, den ich in dieser Richtung mal hatte, blieb auf der Strecke. Leider. Wenn mich die Leute fragen, wie's mir geht, würde ich am liebsten sagen: beschissen. Das wäre die Wahrheit. Aber ich beherrsche mich, denn wenn ich meine Bine ansehe, und überhaupt meine drei Kinder, dann geht's mir gut. Sie lenken mich ab, stecken mich mit ihrem Frohsinn an, dass wir uns oft wie vier Schwestern fühlen.
Vergangenen Samstag war ich mit ihnen im Grafen Urbach zum Nachtessen. Fast alle Plätze waren reserviert, doch der Chef machte netterweise einen Tisch für uns frei. Rechts und links saßen die Kinder und am Tischende ich. Später fragte der Ober, ob er an das freie Ende noch jemanden hersetzen dürfe.
Erst als ich meinen Salat gegessen hatte, sah ich einen Herrn in Berts Alter dort sitzen. Die Kinder, sehr unbefangen, wünschten ihm einen guten Appetit und er freundete sich sofort mit ihnen an. Bald zog er auch mich mit ins Gespräch, und als ich mich mal kurz umschaute, sah ich, wie die anderen Gäste, die inzwischen die für sie reservierten Plätze eingenommen hatten, mit mehr oder weniger deutlichem Erstaunen zu uns herüberblickten.
Da die meisten aus Urbach waren, kannten sie mich natürlich. Wir mussten den Eindruck eines gut ein-

gespielten Ehepaares mit drei Kindern vermitteln, so fröhlich ging es schließlich an unserem Tisch zu. Ich glaube, als die Musik zu spielen anfing, hätte er am liebsten noch mit mir getanzt. Meine Älteste, an diesem Abend ganz Dame von Welt, verbuchte seinen Charme natürlich auf ihr Konto, und als wir kurze Zeit später das Lokal – nicht ohne seine sehr vornehme Verbeugung – verließen, schwärmten mir alle drei von diesem Mann so vor, dass ich ihnen schließlich den Gefallen tat und mit einstimmte.

Gut gelaunt und ein wenig geschmeichelt traten wir die Rückfahrt an. Und wie typische Evas stachelten wir uns zu immer neuen Lachsalven an. Der Unbekannte hat durch meine Töchter unsere Adresse ergaunert und versprochen, ihnen ein Buch zu schicken.

Na ja, endlich haben wir mal wieder einen fröhlichen Abend genossen und auf unserem Weg den Duft einer Rose verspürt. Apropos Rosen.

Gestern kaufte ich sechzehn Stück, Bine sollte sie ihrem Vater zum Geburtstag geben. Für jedes Ehejahr eine. Doch er ließ sich nicht bei uns sehen und so ließen wir sie schließlich durch den Gärtner bei ihm abliefern. Es waren dieselben, die er mir sonst an unserem Hochzeitstag voll Stolz immer gebracht hat. Mein armer Mann. Morgen sind die sechzehn Jahre um. Und bald ist die Ehe um. Für immer.

Wenn uns das vor einem Jahr, ach, was sage ich, noch vor einem halben, jemand prophezeit hätte! Das für unmöglich Gehaltene ist möglich, ja sogar unausweichlich geworden.

Der Sommer kommt, und ich versuche, die Kinder und auch mich so gut es geht von dem entsetzlichen Schicksalsschlag abzulenken. So fahren wir an einem verlängerten Wochenende mal ins Gebirge zum Wandern, nehmen dazu die Freundin der Ältesten mit und haben so eigentlich ganz unseren Spaß.
Und ganz unbemerkt beginnen wir alle aufzuatmen, uns freier zu fühlen. Komplexe, dass ich nun mit drei Kindern ohne Mann bin, habe ich eigentlich keine. Auch die Kinder merken, dass ich alleine die Situation gut meistere, alles geht viel unkomplizierter als vorher. Und alles könnte so schön sein, wenn Bert nicht mehr bei uns auftauchen würde.
Sooft er jetzt kommt, wird er aggressiv, beschimpft mich mit wüsten Ausdrücken, erzählt den Kindern, dass ich ihm im Krankenhaus vergiftete Pralinen abgeboten hätte und stellt so jedes Mal eine neue Behauptung auf, von der er nicht abzubringen ist.
Einmal kommt er mit einem großen schwarzen Hund an. Voller Stolz führt er ihn den Kindern vor. Dann stellt er die Kinder seinem Hund vor. Zuletzt komme ich an die Reihe. »Schau, Leo, und das ist die Mutti«, sagt er.
Als er merkt, dass mich die Anschaffung seines Hundes in keiner Weise beeindruckt, wird er ausfällig. Schließlich kommt es zu einem Wortgefecht zwischen uns und da will er mir mit dem Hund Angst einjagen und hetzt diesen auf mich. Sehr herrisch ruft er: »Leo, komm daher, fass!«, und zu mir: »Dir tu' ich jetzt dafür!«

Schnell will ich die offene Balkontüre schließen, doch er stößt mich weg, bleibt unter der Türe stehen und schreit weiter nach seinem Hund, worauf ich fluchtartig die Wohnung verlasse. Vor Hunden hatte ich schon immer eine panische Angst, und aus Erfahrung weiß ich, dass diese, sobald sie das merken, mich als ihr Opfer auserwählen.

Von nun an meiden wir bei Spaziergängen einsame Waldwege, was hätten wir auch schon gegen ihn und seinen Leo ausrichten können? Wieder sitzen wir am kürzeren Hebel. Doch oh Wunder, einige Wochen später, so hören wir, hat er Leo wieder dahin zurückgebracht, wo er ihn herholte, Leo ließe sich nicht dressieren. Der war schlau, so werde ich es auch machen!

Ende August fahren wir in Urlaub, und zwar an den Gardasee. Unser Hotel ist direkt am See, und des Nachts plätschert es unter unserem Fenster ganz sanft, so, als säße jemand in der Badewanne und würde mit dem Wasser spielen.

Wir machen viele Ausflüge und ich besuche am jeweiligen Ort auch meist die Kirche. Jedes Mal, wenn ich eine betrete, verschlägt es mir fast aufs Neue den Atem, so prächtig und kostbar sind sie ausgeschmückt. Einmal drückt mir jemand eine brennende Kerze in die Hand und ich sehe, wie Gläubige niederknien und beten. Ich schaue die Kerze an und frage mich, für wen ich eigentlich jetzt beten soll. Hier müsste es mir ja ein Leichtes sein, zu beten. Für Bert. Aber ich kann nicht. Ich kann einfach nicht.

Vielleicht in einer anderen Kirche, denke ich. Gott wird mich schon verstehen, und es wird kommen, wie es kommen muss, ich werde es doch nicht ändern können, auch nicht mit Beten. Nur um eines bitte ich, um Kraft, um körperliche und seelische Kraft, damit ich diese Prüfung mit Glanz und Gloria bestehe. Ich muss sie bestehen, und ich will sie bestehen. Dann kann Gott entscheiden, ob ich eine Belohnung verdient habe.

Nach den Sommerferien kommt Bine in die Schule. Mein Herzblatt, mein Kleines, wird nun ebenfalls in den Ernst des Lebens geschickt. So bin ich viel mit mir alleine und nehme meine Malerei wieder auf. Außerdem habe ich eine Einladung zu einer Ausstellung erhalten, so bin ich ganz froh, wieder etwas Ablenkung zu haben. Vielleicht zu sehr, denn meine Scheidungsakten habe ich schon längst nicht mehr durchgelesen, schließlich ist die Sache ja beim Anwalt und das ganze Zahlenmaterial liegt in den Bilanzen, eine ziemlich einfache Sache also, da kann ich mich beruhigt anderen Dingen zuwenden.

Doch weit gefehlt. Bei der ersten Besprechung, die mit den beiderseitigen Anwälten zwischen uns stattfindet, legt Bert ein unwahrscheinlich arrogantes Wesen mir gegenüber an den Tag, und unmissverständlich versucht er, mich mit allen Mitteln in die Pfanne zu hauen. Sein Anwalt will sogar für ihn Unterhalt von mir fordern. Er würde jetzt Arbeitslosengeld empfangen und demzufolge auch arbeitslos sein und bleiben. Mir bleibt die Spucke weg. Vollends, als mein Anwalt auf dieses Thema mit Gegenargumenten überhaupt nicht eingeht. Sooft er Bert was entgegnen will, sagt dieser: »Wenn Sie mich hier kompromittieren wollen, verlasse ich sofort Ihre Kanzlei.«

Das hat ihn wahrscheinlich eingeschüchtert und es wird nur die Frage des Besuchsrechts der Kinder für den Vater geklärt. So stehen ihm ab jetzt an jedem ersten Wochenende im Monat die Kinder zu von Samstag-Nachmittag 14 Uhr bis Sonntagabends. Mir schwant Fürchterliches.

Das erste Wochenende im Monat naht und er kommt, um seine Kinder zu holen. Doch die Großen wollen nicht mit zu ihm kommen. Daraufhin schiebt er wieder mir die Sache in die Schuhe, beschimpft mich wieder und schreit zum Schluss: »Dir werde ich aber jetzt die Hölle heiß machen, dir und deinem Hanswurst«, mit welchem er wohl meinen Anwalt meint.

Doch Bine ist bereit, mit ihm zu kommen, auch über Nacht, und endlich beruhigt er sich. Wenn das bloß gut geht, Bine mit ihm alleine in seiner Wohnung, zwei volle Tage. Wenn ihr nun was passieren würde, wer übernimmt für sie die Verantwortung?

Als Bine wieder heimkommt, weint sie nur noch, so durcheinander ist sie. Dem muss Einhalt geboten werden, und ich beschließe, durch einen Kinderpsychologen klären zu lassen, ob Bine die Besuche bei ihrem Vater nicht mehr schaden als nützen.

Doch bis ich einen Termin bekomme und den Fall vorgetragen habe, hat sich Bine wieder gefangen und eingependelt.

Einmal, es sind Herbstferien, will sie ihren Vater anrufen, dass er sie holen soll. Sie hätte so Heimweh nach ihm. Ich habe nichts dagegen und kurze Zeit später steht er vor der Tür und nimmt sie mit. Da meine beiden Großen an diesem Nachmittag bis abends Unterricht haben, fahre ich nach Monningen, um die Ausstellung, in der meine Bilder hängen, zu besuchen. Als ich gerade in Urbach über die Kreuzung fahre, kommt mir Berts Wagen entgegen. Doch wo ist denn meine Bine? Ich sehe ihr Köpfchen nicht, denn eine Frau, die neben Bert sitzt, versperrt die Sicht nach hinten. Eine Dunkelhaarige, genau der richtige Typ für ihn jetzt. Kurz schlägt mein Herz etwas schneller, aber gleich darauf hat es sich wieder beruhigt, diesen Schlag schon verkraftet, indem es ihn zwar registrierte, aber ohne mehr weh zu tun.

Später, als ich noch rasch ein paar Lebensmittel einkaufe, ruft es »Mutti, Mutti«, und wie ich mich suchend umsehe, geht auf der anderen Straßenseite Bine mit ihrem Vati und der neuen Frau. Fröhlich winkt meine Bine mir zu und ich winke zurück.

Wenn ich im Fernsehen solche Situationen sah, taten sie mir in der Seele weh, und nun muss ich sie selber durchspielen, dazu noch mitten auf dem Marktplatz von Urbach. Als Bert abends Bine bis zur Tür bringt, sagt sie zu mir: »Mutti, er hat jetzt eine, verheiratet sind sie nicht und Kinder haben sie auch noch keine.«

Letzteres wird nicht mehr lange dauern, denke ich. Aber trotzdem bin ich froh, hoffentlich wird er sie etwas lieben können, nur dann werden seine Aggressionen gegen mich aufhören, wenn er mich auch innerlich freigegeben hat, so wie ich ihn für immer freigegeben habe.

Wenn ich jetzt so zurückdenke an die vergangenen siebzehn Jahre, sehe ich vieles mit anderen Augen. Im Nachhinein kann ich plötzlich einiges zuordnen, das mir früher völlig unerklärlich war und wonach ich oft tagelang nach einem Grund, einer Schuld, gesucht habe. Und das war die unsichtbare Zwangsjacke, in die ich versehentlich, unerkennbar oder verwechselbar mit etwas Besonderem, hineingeriet.

Und immer habe ich auf irgendetwas gewartet und gedacht, wenn das und das eingetreten ist, wird alles anders, besser. Und je mehr der Erfolg kam, umso fester wurde die Zwangsjacke zugeschnürt. Doch da dies in einer so langen Zeitspanne erfolgte, hat sich mein Bewusstsein angepasst, sodass es mir schließlich als ganz normal vorkam. Bis es mir fast den Atem nahm. Und da riss sie mit einem Ruck auseinander. Da kann man nicht gleich ganz durchatmen.

Langsam, vorsichtig, geht es schließlich immer ein bisschen mehr und ich glaube, dass ich jetzt wieder ganz befreit bin. Neulich habe ich mich zur Nachuntersuchung von meiner Operation begeben. Als mich der Chefarzt begrüßte, rief er: »Jetzt kommt die gesündeste Frau und dahinter gleich der Frühling!« Und bewundernd drehte er mich im Kreise herum. Ja, jetzt, da ich wieder begehrenswert aussehe, habe ich keinen Mann mehr, der mich begehrt. Ich muss es in

den Augen anderer ablesen und mich damit begnügen. Ob das mir auf die Dauer genügen wird?
Vorgenommen habe ich es mir jedenfalls, denn mit Halbheiten habe ich mich noch nie zufriedengegeben und mit normalen Menschen, welchen nicht der Geruch des Besonderen anhaftet, auch nicht. So bin ich nun mal und so werde ich vermutlich bleiben. Diese Tatsache weiß ich wohl zu deuten, und insofern bin ich selber schuldig geworden.
Das, wovon ich immer wieder geträumt habe und was mir als Alptraum vorkam, wurde wahr.